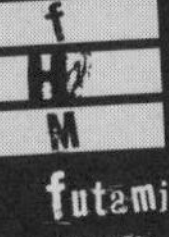

HORROR
×
MYSTERY

ヒルコノメ

Takebayashi Nanakusa

イラスト　げみ

デザイン　坂野公一（welle design）

contents

序章

「昔は、煙突から亡くならはった人を焼いている煙が見えたもんなんやけど、最近は炉の性能が良くなったらしくて煙突すらないんよ。ほんま情緒がなくなったわぁ」

　初めて会う親戚しかいない待機所は居心地が悪く、斎場の外の駐車場にしばらく逃げていた美彌子は、探してやってきた女性からそんな言葉をかけられた。

「……そういうものですか」

「えぇ、そうや。亡くなった人の煙が白く立ち昇っていくのを見とるとな、まるで魂が空に昇っていくように見えるんやで。今焼かれとるあんたのお祖母ちゃんなんかは『立ち昇っていく煙の中に死んだ人の顔が視える』なんて、生前はよう言うてはったよ」

　と、どうやら私の従伯母にあたるらしいふくよかな女性がにっこり笑うので、美彌子も引きずられるようにやや口角を緩めた。

　それにしても世代や価値観の違いだろうか、美彌子はこの親戚の女性が言っていることが、とても怖いことのように思えた。

死んだ人の焼ける煙というだけで既に薄気味悪いのに、その中に人の顔が浮かぶ——もしそれが苦悶に歪むような表情をしていたら、どうするのだろう。その様を想像しただけで、美彌子は眠れなくなりそうだった。

「さ、そろそろ焼き終わるで。ええ加減もどらなな」

気が進まなかったが、美彌子はうなずく。

今日初めて会ったばかりの従伯母が、美彌子のことを気にかけてくれているのはよくわかった。自分と倍以上も歳が離れた従伯母に話しかけられてもうまく返せている気はしないが、それでも遠巻きに美彌子を見てヒソヒソ内緒話をするだけの他の親戚と比べれば、圧倒的にありがたかった。

——あんた、私の代わりにお祖母ちゃんのお葬式に出てくれない？

母からそんな電話があったのは三日前のことだ。

もともと美彌子の母は、祖母とかなり折り合いが悪かった。

なんでも祖母は「はよ、この家を出て行け」「とっととこの村から出て行け」と、常日頃から母に向かって口癖のように言っていたらしい。

産みの母からそう言われ続けて心穏やかでいられる娘なんていようはずもなく、美彌子の母親は二〇歳になる前に村の外の男性と連れ立って、逃げるように東京に出てきたのだそうだ。

後に結婚して美彌子が生まれたが、父は美彌子が中学生のときに亡くなった。

父の葬儀の際、仕方なしといった風で東京に出てきた祖母と、美彌子は一度だけ会ったことがある。

『あんたも、決してうちの村に来たらあかんよ』

美彌子が祖母からかけてもらった、唯一の言葉だ。

厳しい表情をした、きつい目の人だという印象が今でも残っている。

それから数年して美彌子が大学に入るタイミングで、母は職場で知り合った男性と再婚し、戸籍の都合から義父の名字である〝橘〟へと美彌子の姓も変わった。

その直後、義父のベトナム支社への転勤が決まり母も同行していったため、今現在の橘美彌子は都内で一人暮らしの大学生活を謳歌している。

そんな折に突然振ってきた、祖母の訃報だった。

乗り気でない上にベトナム暮らしということを理由に、母は実母の葬式に参列せず美彌子を身代わりに立てたわけだ。美彌子も美彌子で、仕送りをもらっている身としては反発もし難く、母の懇願に折れて出席することにした。

結果、美彌子は大学の講義とゼミを欠席し、話にだけは聞いていた祖母の生まれ育ったこの村にまで来たのだった。

「ほんまはな、あんたのお祖母ちゃんから、あんたとあんたのお母さんにだけは自分が死んだことを教えんといてほしい、と言われとったんよ。けどそうは言うても、実の娘と孫やろ。やっぱりあかんと思うてな」

本来なら、祖母の葬儀は一人娘の母が喪主としてとりしきるべきだ。しかし祖母の遺言により、母の叔父にあたる祖母の弟が喪主を務めていた。

祖母はそれぐらい本気で、母と美彌子には弔ってほしくはなかったのだろう。

もしも煙突から煙が立ち昇っていたら、その中に恨みがましい祖母の顔の一つも浮かんだかもしれない――いろんな意味で肩身が狭い美彌子は、本気でそう感じていた。

斎場の中の待機室に戻れば、ちょうど祖母の遺体が焼き終わったようで、全員で炉の前に移動するところだった。

三〇人からいる親戚一同で二人一組となり、炉から引き出された祖母のお骨を骨壺（こつつぼ）に詰めていく。骨となった祖母に声をかけている人もいるが、どんな人物だったのかもよくわからない美彌子は、黙ったまま作業をするしかなかった。

やがて祖母だったものが小さな壺の中に収まると、これからお清めの食事に行くということで、手配されていた中型バスに美彌子も乗り込んだ。

窓側の一人席に座れたことでほっとし、肩の力を抜きながら美彌子は外を眺める。

古い酒屋めいた木造の建屋が並ぶ町並みをバスが越えると、窓からの景色は畑と林ばかりが広がった長閑（のどか）で広大な風景へと一転した。

都内ではお目にかかれない牧歌的な景色を、気疲れしていた美彌子は無心で眺めて——

ふと畑の向こう側の坂の上に、草の茂った妙な形の小山があることに気がついた。

それは横から見れば台形型をした円錐状で、まるで緑色のプリンを皿の上に乗せたような形状をしていた。

形も不思議だが、しかし本当に妙なのはそこじゃない。

その小山の上に、人が立っていたのだ。

いや、あれを人と称していいのか——美彌子の中に、ざわついた疑念が浮かび上がる。

なんだろう……遠目だからはっきりとはわからないが、けれども人として歪（いびつ）であまりにもありえない輪郭をしているように、美彌子は感じた。

その人影には、手も足も確かにある。しかしながら人として、とても大事な部分を欠いているような、そんなありえない存在のように思えたのだ。

おまけにそれは、まるで自分のことをじっと見ているような、そんな気がして——、

「ねぇ、美彌子ちゃん！」

いきなり背後から声をかけられ、美彌子は肩をビクリと跳ねさせてしまった。

「あら、ごめんな。驚かせてもうた？」

「……あぁ、いえ」

振り向けばそこにいたのは例の従伯母だった。

車中の席は他にも空いているのに、美彌子のシートについた手すりを握って、いつのまにかすぐ横に立っていた。誰とも話せない美彌子のことを心配し、わざわざ声をかけにきてくれたのだろう。

「これから行く仕出し屋さんなんやけどな、私の同級生がやっててほんま美味しいんよ。きっと美彌子ちゃんも気に入ると思うから、期待しとってね」

「……えぇ、それは楽しみです」

本日何度目となるかもわからない愛想笑いを浮かべて会釈を返し、美彌子は再び外へと目を向けた。

さっきまで畑と林ばかりだった沿道には、いつのまにか住宅が建ち並んでいる。不思議な人影が立っていた小山は、とうに見えなくなっていた。

――あれは、いったいなんだったのか。

美彌子の脳裏にもやもやとした疑問がよぎるが、すぐにどうでもよくなった。

それよりも今は、これから行くお清めの席が憂鬱でたまらなかった。針のむしろのような冷たい視線の中で、またにこにことしているだけの時間になるのだろう。

そう考えて、ついため息が出てしまいそうになったとき、

「いたっ！」

窓枠で頬杖（ほおづえ）をついていた右手と反対側の左腕に、まるで刃物で切りつけられたような鋭

い痛みが走った。

自分の席に戻る途中だった従伯母が、驚いて振り向いた。

美彌子が自分の喪服の袖を慌ててまくると、白いブラウスに丸く大きな血が滲んでいた。

「あら、大変！　誰か、ハンカチ持ってへんかっ！」

美彌子の腕を上から覗き込んだ従伯母が、車内の親戚たちに向かって叫ぶ。

赤く染まった自身の腕を、美彌子は驚き混じりにまじまじと見つめていた。

美彌子は腕をどこにも引っかけていないし、擦ってもいない。何もしていないのに、痛みとともにいきなりどっと血が滲んできたのだ。

「なに……これ」

ブラウスの下で感じる複雑な皮膚の裂け方。

美彌子はなんとなく、この傷がただの傷ではないと直感していた。

第一章　ワギモ

1

「ねぇ、美彌子(みやこ)。こないださ、ゼミを休んで親戚と会ってきたんでしょ」

「ちょっと！　言いかた。親戚と会ってきたというか、お祖母(ばあ)ちゃんのお葬式だって」

「でも、会ったこともない親戚の人たちばっかりだったわけだよね？　だったらさ、一人ぐらいかっこいい従兄弟とかいなかったの？」

だいぶ酔ってるなぁ――と、おやじ臭く胡座(あぐら)をかいて、鯛(たい)を小脇にした神様が描かれたビール缶を片手に絡んでくる咲花(えみか)に、美彌子はあからさまな苦笑を向けてやった。

美彌子の借りているアパートは大学からほど近い。キャンパスから最寄り駅までの途中にあるせいで、こんな風に友人たちの宅飲み場にされることは日常茶飯事だった。

こと咲花に関しては、今週になってからもう二度目となる。三日前に莉子(りこ)と一緒にやってきて、朝まで三人で飲み明かしたばかりだというのに。

遅れていたゼミでの発表用のレジュメを、今日こそ仕上げようと思っていた美彌子だが、どうやら今夜も無理そうだ。というか、咲花も莉子も美彌子と同じゼミなのに、二人はいつレジュメを仕上げようと思っているのか。

「ねぇねぇ、いい感じの従兄弟とかいたんだったらさ、今度紹介してよ」

「なにバカ言ってんの、氷見(ひみ)先輩に言いつけるよ」

氷見先輩というのは、美彌子と咲花の二学年上となる同じゼミの院生だ。こと後輩の面倒見がよくて、気軽で話しかけ安く、学部生からも慕われている。

咲花はゼミに入った直後から氷見先輩のことが気になり、美彌子も何度も相談に乗った結果、三ヶ月ぐらい前から二人はめでたく付き合うようになった――のだが。

「あんな奴、もうとっくに別れたって」

これには美彌子の目が丸くなった。

「って、なんでよ、あんなに氷見先輩のことが好きだって言ってたじゃない」

「だってさ、あいつ私と付き合ってんのにマッチングアプリやってたんだよ」

「……マジで？」

「私とデートしている最中もしょっちゅうスマホいじっててムカついたからさ、あいつがトイレに行った隙に携帯を盗み見てやったの。そしたら目の前に私がいるのに、マッチングアプリで見つけた女にメール打ってたわけ！　ほんとにさ、人のことをバカにすんなって感じ。あんなろくでなしだと思わなかったから、その日のうちに別れたよ」

腹に据えかねた感情を思い出し、咲花が缶のままのビールをあおる。

正直なところ、美彌子はちょっと意外だった。氷見はとかく人当たりがよく、いつも笑顔で温厚そうな印象がある。とはいえ飲みの席だとやたら気軽に後輩女子に話しかけてくるところもあり、確かに多少は軟派なイメージもあった。でもさすがに彼女がいるのにマッチングアプリをやるとは――美彌子は、これから氷見を見る目が変わりそうだった。

「というかあんな奴のことより、美彌子は聖先輩のことをどう思ってるわけ」

「どう……って？」

「あんたさ、聖先輩と仲いいじゃん。まさかもう付き合ってたりする？」

「いや、ないない！　そんなわけないでしょ、なんか聖先輩が勝手に私に話かけてくるだけだって」

「ほんとに？」

「あの人さぁ、専門テーマが芥川でしょ。それを知らないで最初に会ったときに、『私、高校の頃は芥川が好きだったんですよ』って言ったら、それから何かにつけて話しかけてくるようになったんだよね」

「……うわぁ、めんどくさ。きもっ」

聖先輩——というのも、氷見先輩同様に同じゼミの院生一年の先輩だ。

フルネームは高野聖司というのだが、その名前の中に有名な幻想文学小説のタイトルが入っていることに学部生の一人が気がつき、面白半分に蔭で〝聖〟先輩と呼び始めたところ、それが美彌子たちの間ではすっかり定着してしまった。

しかしながらあの小説に出てくる好色でお調子者な聖とは真逆の性格で、真面目で堅物な上に感性も人とちょっとズレている高野は、氷見と違って学部生たちからはやや距離を置かれていた。

「あの人さ、黙ってさえいれば顔はそんなに悪くないじゃない」

「そう？　造りは悪くないかもしれないけど、あの顔は怖いよ」

咲花が「あはははっ」と大口を開けて笑う。

どうやら本人は普通にしているつもりらしいのだが、高野の眉間は常に縦皺が浮かんでいて、四六時中不機嫌そうに見えるのだ。それがいっそう学部生たちを遠ざける原因になっている。

とにかく女二人で先輩たちの悪口談義に花を咲かせていたら、空になったビールの缶を座卓に置き咲花がいきなり立ち上がった。

どうやらトイレなようで、くるりと踵を返してキッチンの方へと歩いていくが、酔ってふらつき途中で体重をかけて壁に手をついた。

「ちょっと気をつけてよ！」

「だいじょぶ、だいじょぶ。転んだりしないから」

「いや、そうじゃなくて。その壁は漆喰なの。下手に触ると、皸入るんだからね」

「……もう、うるさいなぁ。だったらもっといい部屋に住みなよ」

バタン、とキッチンの奥にあるトイレのドアが閉まった。

それが学校帰りに人の家に押しかけ、勝手に宅飲みを始めた人の台詞かと美彌子は思う。

築四〇年以上、木製二階建ての１ＤＫ。玄関は古い薄手の合板で、キッチンにあるのは油汚れがこびりついたガスコンロ。部屋の畳の角は擦り切れ、押し入れを思いきり締めると漆喰の壁の表面がポロポロと落ちてくる。絵に描いたような典型的ボロアパートだった。

義父からの仕送りと僅かなバイト代を鑑みつつ、交通費がかからない程度に大学から近い距離のアパートとなれば、いくら新宿区や豊島区と比べて地価が安い練馬区でも、どうしてもこれぐらいのオンボロアパートになってしまう。

できるものなら美彌子だって、もっと新しくて綺麗なアパートに住みたかった。

ジャーと水洗の流れる音がして、トイレから咲花が出てくる。まだふらふらしているなと美彌子が思った直後、キッチンから部屋の方に戻ってくることなくいきなり玄関に座って靴を履き始めた。

「なに、どうしたの？」

面食らった美彌子が咲花の背中に声をかける。

「帰る」

「はぁ？」

酔っ払いが何をいきなり言い出すのかと、美彌子は座卓の傍らにあった咲花のカバンとコートを手に玄関に駆け寄った。

既に靴を履き終えていた咲花が「ありがと」と、美彌子からカバンとコートを受け取る。目がだいぶとろんとしていた。

これは本格的に酔っているなと感じた美彌子は、玄関横のハンガーにかけてあった自分のパーカーを羽織り、普段履き用のスニーカーに足をつっかける。

「帰るのなら駅まで送っていく」

「……いいよ、別に」

「ダメ、今のあんた危ないから」

美彌子が玄関を開け、二人して部屋の外に出た。手すりに錆(さび)が浮いた金属製の外廊下を歩き、滑り止めのゴムがほとんど剝がれた階段を慎重に降りる。

アパートから最寄り駅までは五分だが、美彌子はやっぱりパーカーじゃなくてちゃんとしたコート着てくれば良かったと後悔するほどに、二月の夜気は冷たかった。

寒さでちょっと酔いが冷めたのか、奥歯を嚙(か)みしめた咲花が身震いしながらタートルネックの首元を正す。

そのとき、美彌子は咲花の首に線のような赤い痣があることに気がついた。

まるで首輪のように、痣がぐるりと咲花の首を一周している。

「……どうしたの、その痣は」

心配して訊ねた美彌子の声に、咲花の顔が急に強張る。

「……実はさ、こないだ莉子と一緒に咲花の部屋に行ったじゃない。あの日、家に帰ってからこれに気がついてさ」

酒のせいで上機嫌だった咲花の声のトーンが急に落ちた。

「病院に行った？」

「行ってない」

「ちゃんと行ったほうがいいよ」

「……いいよ。これたぶん、そういうのじゃないからさ」

咲花の顔がみるみると翳っていく。

咲花の不穏な雰囲気を察し、美彌子がさらに追求しようとしたとき、ちょうど二人は踏切を越えて駅に辿り着いた。

そこは地下の通路で上りと下りのホームが繋がった小さな私鉄の駅だった。駅前の商店街の店がほとんどが閉まっている中、一つきりの自動改札口の向こう側にあるホームが、ぼんやりとした灯りに照らされている。

「……酔っているんだから、気をつけて帰りなよ」

咲花の表情がいささか気になるものの、美彌子が送り出しの言葉を口にすると、咲花は殊勝に「うん」とうなずいた。

どこか頼りない足取りで自動改札を抜けてから、咲花がくるりと振り向いた。

「あのさ、美彌子。次、飲むときにはちょっと変なこと相談してもいいかな？」

「変なこと？　そんな相談はやだよ」

ちょっと戯けながら苦笑する美彌子だが、咲花の目が少しも笑っていないことに気がついた。

咲花の雰囲気に気圧され僅かに息を呑み、美彌子はあらためて首を縦に振った。

「……わかったよ。いいよ」

「お願いね」

どこか不安そうな表情を浮かべたまま咲花が再び美彌子に背を向け、今度こそホームに向かって歩き去った。

次にお酒を抱えて部屋に来たときには、いったいどんな相談をされるのかと逡巡する美彌子だが、今考えてもわかるわけもなく、とりあえずアパートに帰るべく歩き出した。

——カンカン　カンカン

運悪く、ホームの横にある踏切が美彌子の鼻先で降りてくる。

周囲には誰もいないのをいいことに、美彌子が声を上げてぼやいた。咲花と一緒に歩いているときはまだマシだったが、一人で立って待つだけとなると急に寒さが際立ってくる。閉じた踏切の前で足踏みをしながら、美彌子は少しでも寒さを紛らわそうとキョロキョロと辺りを見まわしていたら、ホームの端に立っている咲花を見つけた。

「ちょっとぉ！」

踏切の警報器の音にかき消されて届かないだろう。

うな垂れた咲花は、どうやら美彌子には気付いていない。名前を呼ぼうにも、おそらく踏切の警報器の音にかき消されて届かないだろう。

それにしても……咲花の相談というのは、本当に何なのだろうか？

次に飲みに来たときと言わず、アパートに帰ったら咲花にSNSで訊いてみようか、なんて美彌子が思っていると、

「……えっ？」

咲花の背後に、人が立っていた。

さっき咲花と別れたときには、ホームに人なんて見当たらなかった。小さな駅とはいえ、それでも昼間は大勢の人間が利用する、れっきとした都心の駅のホームだ。柱の陰や自販機の後ろなど、人がすっぽり隠れる死角はいくらでもある。だから咲花以外の人がいたって、普通に考えたらたまたま美彌子の目に入らなかっただけと思うべきだが——。

咲花のすぐ後ろ、滲んだLEDの灯りの下で佇む人影は、全てが真っ黒だった。

服装が黒いなんてレベルの話じゃない。まるで漆黒の粘土を捏ねて固め、雑に人の形に整えたような、全身が闇で形作られた人影だった。

美彌子は戦慄する。

咲花の背後に立つその歪な黒い人影には、見覚えがあったのだ。

「あぁっ!!」

左腕にいきなり猛烈な痛みが生じ、美彌子は思わず呻いてしまう。右手が自然と左腕の内側を押さえていた。この痛みにも美彌子は覚えがある。

……同じだ、どちらも同じ。

祖母の火葬場からの帰りに乗った、バスの窓から見た人影。

その人影を見た直後に襲ってきた、刃物で腕を切りつけられたような痛み。

歯を食い縛って痛みに耐える美彌子の耳に、遠くから電車の走行音が聞こえ始めた。

ホームを挟んで反対側の上り方面から電車が来ているのだろう。音の感じからして、おそらくこの駅では止まらない急行電車だと思う。

そんなことが頭の片隅をよぎるも、今はそれどころじゃない。

本当にあの時と同じであれば、左腕の内側にできている傷の手当をしなくてはとパーカーの袖をまくろうとして、

ブシャッ

まるで大きな水風船をアスファルトに落として割ったような、重くて鈍くて柔らかい音が聞こえた。

瞬間、踏切を抜けようとしていた電車が金切り声にも似た急ブレーキの音を響かせる。

――そして。

ドサリという音を伴い、遮断機と美彌子との間に落ちてきた何かがコロコロと転がって、スニーカーを履いた美彌子の爪先にぶつかってぴたりと止まる。

サッカーボールほどの大きさのそれは、咲花の生首だった。

電車に轢かれて、身体から千切れて飛ばされてきた頭だけの咲花だった。

あまりのことに美彌子の思考は追いつかない、理解もおよばない。

まだ眦がひくついている咲花の生首が、舌を垂らし真っ赤に染まった口をぱくりと開き、

「わ　ぎ　も　わ　い　づ　こ」

呪文のような、まるで意味のわからぬ言葉を機械的に発した。

首だけの咲花と視線を交わしたまま美彌子の周りの時間が止まるが、警報器だけはカンカンとやかましい音を響かせ続ける。警告灯が美彌子の足下にある咲花の生首を、一拍ごとに角度を変えながら真っ赤な色味で照らしていた。

だいぶ遅れて、霧雨状となった咲花の血が頭上からさーっと降り注ぎ、美彌子の全身を警告灯と同じ色に染め上げた。

冷え切った顔にほんのり温かさを感じた美彌子は我に返り、

「いやあぁぁぁぁっっっっ!!」

切断された友人の首を前に、警報器の音をも上回るほどの絶叫を上げた。

2

祖母の葬式から一週間足らずで、クリーニングから返ってきたばかりの喪服に再び袖を通すとは、美彌子は夢にも思っていなかった。

――咲花の死は、泥酔状態でのホームへの転落事故、として処理された。

酩酊者（めいていしゃ）の転落は駅での人身事故としてはもっとも多い原因らしいが、美彌子は咲花が電車に轢かれた理由をお酒のせいだとは思ってはいない。

確かに咲花はお酒に酔っていた。警察からの事情聴取でも、咲花はかなりの量のお酒を飲んでいたと美彌子も答えている。

しかし自動改札で振り向いた際に咲花が最後に見せた目は、酔った人の眼差しではなかった。

――ホームで咲花の背後に立っていた、黒い歪な人影。

――首だけの咲花の口から漏れでてきた、呪文めいた謎の言葉。

別れ際に咲花が言っていた「変なことの相談」とは、ひょっとしたらそれら奇怪な事象にかかわることではなかったのか。

咲花は言葉にできない異変を肌で感じていて、それで大量のお酒を抱えて美彌子の部屋を訪れ、もしかしたら相談をするタイミングを見計らっていたのではなかろうか。

「……あぁ」

こうして通夜の場で咲花の遺影に向かって焼香をしながらも、美彌子はそんなことばかりを考えてしまう。今となっては、後悔ばかりが心に募っていった。

ホールの片隅では咲花の両親らしき二人が泣き続けていた。当たり前だが、美彌子には責任がないということになっている。けれども酔った咲花を帰さず無理にでも自分の部屋に泊めていれば、という後ろめたさはあり、美彌子はいたたまれずに足早にホールを出た。

葬祭場のロビーの片隅に移動すると、美彌子はスマホを取り出し着歴をチェックする。

やはり折り返しの着信はない。メールも届いてはいない。

美彌子は下唇を嚙み、葬祭場に入る前に電話をした番号に再び発信をかけるが、十秒ばかりコール音がしてからまた留守番電話のアナウンスに切り替わった。

今、美彌子が電話をかけた相手は、莉子だ。

莉子は咲花同様に美彌子と同じゼミの同級生で、同時に三人は気の置けない飲み友達だった。

咲花が最後にやってきたときは一人きりだったが、たいがいは莉子と二人で連れだって美彌子のボロアパートに転がり込んできていた。居酒屋に行くよりも安いと近所のスーパーで大量のお酒を買い込んでは、美彌子の部屋の小さな冷蔵庫を、二人でいつも勝手に占拠していた。

実際に咲花が電車に轢かれる三日前には、祖母の葬儀から帰ってきたばかりの美彌子の部屋で明け方まで三人で飲んだばかりだ。

けれどもそんな間柄の莉子と、どうしてか連絡がとれなくなっていた。

咲花の訃報を伝えるべく、幾度となく美彌子は莉子に電話をしているのに、返信がないどころか、送ったSNSに既読すらつかない。

実のところ莉子にはちょっとした放浪癖があり、ふらりと外国にまで旅に出たりすることがある。前にも一週間も連絡がとれないことがあって、ようやく連絡がとれたと思ったら、一人で中国の大連を旅行していたなんてことがあった。三日前にも今度は四川に行ってみたい、なんて言っていた気がする。

やむなく莉子の返信を待っているうちに、とうとう咲花の通夜の日となってしまったのだが案の定、莉子の姿がない。おそらく咲花が亡くなったことすら、莉子はまだ知らないはずだ。

「……なんでこんなときに出ないのよ、莉子」

駄目元で、再び莉子に通話をかけようとスマホを操作していたところ、美彌子は背後から声をかけられた。

「大変だったらしいな、美彌子」

振り向けば、二つ上の先輩である高野聖司が美彌子の背後に立っていた。

「聞いたぞ、おまえ——咲花の事故現場に居合わせてしまったんだってな」

元から吊り上がり気味の眉の角度を、高野がさらに吊り上げる。

高野聖司という先輩は、常に不機嫌そうな表情をしているように見える。しかしそれは常から刻まれた眉間の縦皺と生まれつきの三白眼のせいであり、本人はいたって普通の表情のつもりらしい。

一年近い付き合いから美彌子も高野の顔つきのことはわかってはいるのだが、それでもいきなり声をかけられるとあまりの強面に気圧され、つい身構えてしまう。

「……はい、そうです。聖せ――いえっ！　高野先輩」

陰で通っているあだ名でうっかり呼びそうになり、美彌子が慌てて訂正した。

高野の目がやや不快そうに細まるも、しかしすぐに元へと戻る。

「咲花のことはすこぶる残念だったな。だがおまえ自身は大丈夫なのか？」

「……私、ですか？」

「そうだ。電車事故を目撃した者はトラウマが残ることが多いと聞く。電車の運転手が事故のせいでうつ病を発症しやすいというのは有名な話だ。ましてや今回、おまえが出くわしてしまったのは格別に親しかった咲花の事故だ。友人の事故を目の当たりにしてしまったのであれば、今は美彌子の心の状態が心配だ」

不器用で堅く、理屈っぽい話しぶりはいつものこと。

だけど……自分を気遣ってくれているその心持ちが、今の美彌子には少し嬉しかった。

それというのも美彌子は警察には事故の状況を全て話したものの、ゼミの面子を含めて他には誰にも詳細を語ってはいない。

というか、咲花の生首が足元に転がってきたなんて出来事を、知り合いに話せるわけがなかった。

美彌子自身だって信じられない。あんな偶然とあんなタイミング――警報器が照らしたあの赤い景色が瞼の裏に焼き付いてさえいなければ、悪夢でも見たんじゃないかと思い込んでしまいたいほどだ。

転がってきた咲花が首が美彌子に向かって喋ったという美彌子の話を、警察はショックからくる幻聴だと断定した。何しろ頭だけとなった咲花には、震わせる声帯も空気を吐き出す肺もないのだから、警察としても認めることができるわけがない。

きっと誰にもわかってもらえるはずがないと、美彌子も誰に言おうとも思わなかった。だからこそ一人胸に抱え、ふとしたときに咲花の首が語りかけたきた瞬間を思い出してはパニックになりそうになるのだが、今の高野の言葉で僅かに気が楽になった。

「……それにしても、高野先輩でもちゃんとお通夜には来るんですね」

少しだけ気が抜けたせいか、美彌子は高野に向かってつい軽口をたたいていた。

珍しい美彌子の反応に、高野が安心したような表情で苦笑する。

「当たり前だろ。あれか、おまえの目から見て俺は後輩の死すらも悼まない、そんな冷血漢に見えているのか？」

「いえ、そうじゃなくて。高野先輩は飲み会の席で氷見先輩にいつも言っているじゃないですか。――霊なんているわけがない、って。だからお葬式とかお通夜とか、こういうのも嫌いなのかなって」

「それとこれとは話が別だ。葬式も通夜も死者を悼んで冥福を祈る、送る側のための儀式だろうが」

高野らしい主張に、美彌子は思わず呆れそうになった。

ちなみに咲花の元彼氏である氷見には、なんと霊感があるらしい。その氷見と高野の仲が悪いのは、ゼミの誰もが知るところだ。特に飲み会の席で学部生女子と何やら話し込む氷見に、高野が「霊なんているわけがないだろ！」と、突然に嚙みつき始めるのはもはや日常の光景だった。

心霊否定論者――それが美彌子の高野の対する評価の一つでもある。

美彌子から通夜にも出ない非常識人と思われていた高野は、苦々しそうに頭を掻き「あれはだな、氷見の奴がいつも女子に――」と何かを言いかけるも、やはり思い留まり「まあ、いい」とぼそりとつぶやいた。

「それよりも莉子の姿がどこにもないが、おまえら一緒に来なかったのか？」

「それが……莉子とどうしても連絡がとれなくて。たぶん、今日が咲花のお通夜だってことすら、莉子は知らないんじゃないかと思います」

美彌子の答えに、高野が不審げに眉をしかめた。

「なんだ、それは」

「私からだけじゃなく、他の人に頼んで電話をかけてもらっても同じなんですよ。誰が電話しても出ませんし、誰のＳＮＳのメッセージにも既読がつかないみたいでして」

「……それはいつからなんだ？」

「咲花が亡くなった翌日には電話しましたから、もうかれこれ三日は連絡がついてません」

「いや、どう考えても三日はおかしいだろ」

「でも莉子ってば、変な放浪癖があるんで。ひょっとしたら、またぶらりとどっか遠くに出かけているだけなのかなって」

「美彌子が思っているように、電話の通じない場所に出掛けているだけならまだいいさ。でも、そうでなかったらどうする？　コール音が鳴るということは、少なくとも莉子の携帯は圏内にはあるはずだろ」

言われてみれば確かにそうだ。普段の言動から、莉子はまた海外旅行に出ているのだろうと美彌子は思い込んでいたが、よくよく考えれば電波が届くということはおそらく国内にはいるはずだ。

海外では使えないので携帯電話は家に置いていった、ということも考えられるが、それならば普通は電源を切っていくものだとも思う。

「……なぁ、莉子の家の場所は知っているか？」

「はい、前に行ったことがあるのでわかります」

「そうか。だったら今から様子を見にいくぞ。もしかして、ということもあるからな」

3

「おい、莉子！　いるか？　いるのなら返事をしろっ！」

インターホンを押しても出てこないため高野が拳でドアを叩き、室内に向かって叫ぶ。

時刻は夜の八時過ぎ、そろそろ近所迷惑となる時間のため、美彌子は周りの目が少しだけ気になっていた。

莉子の部屋は、美彌子のボロアパートと比べかなりグレードが高かった。ドアは茶色く塗装されたステンレス製で、カメラ付きのインターホンも備えられている。前に莉子に誘われ上がったことがあるが、二つあった部屋の一つにはロフトがあり、ユニット式なのに足を伸ばせる大きなバスタブもあって、美彌子は率直に羨ましいと思った覚えがあった。

ドアを叩くのをやめた高野が、念のためドアノブを引いて鍵がかかっているのを確認してから、ふぅと大きなため息を吐いた。

「やはり、いないと考えるべきか」

「……たぶん旅行に出ているんだと思いますよ」

莉子に悪いと思いながらも玄関横のポストの中を覗いてみれば、支払い明細などの郵便物がいくつもそのままになっていた。消印の日付からして三日前、おそらく咲花が電車に轢かれた日から家にいないのだと思う。

「そうだな。これが独居老人なら部屋に押し入るべきだろうが、莉子が持病を持っているなんて話は聞いたこともないしな。万が一を心配してきたが、まあ徒労だったか」

徒労だったか――という高野のひと言で、美彌子はどこかほっとしてしまった。美彌子も大丈夫だろうとは思っていたが、人に同意してもらえると安心できる。

とにかく今夜は引き上げようと、美彌子と高野は莉子の部屋の前を離れて外階段を降りる。

それにしても……本当に、莉子はどこに行ってしまったのか。

旅行が長引いているだけならまだいい。でも旅先で不測の事態に遭い、莉子の身にまで何か起きていたとしたら。

そんな不吉なことを想像しながら、美彌子が何気なく後ろを振り向くと、

――二階の部屋の窓から、こちらをじっと見ている莉子と目があった。

「……いました」

美彌子の口からぽろりと声が漏れ出た。

「どうした?」

「いや今、莉子が部屋にいたんですよ！」

言うなり踵を返し、美彌子が莉子のアパートの玄関に向かって駆け出した。

「おい、美彌子！」

窮屈なので喪服のネクタイの外そうとしていた高野が、突然の美彌子の行動に戸惑いながらも慌てて後を追う。

階段を駆け上がって莉子の部屋のドアの前に立つと、美彌子はけたたましいほどにインターホンを何度も鳴らす。だが部屋の中からは変わらず反応がない。

いるかどうかもわからないときは不安が勝っていた美彌子だが、いることがはっきりわかった今は、何日も電話を無視された上に、居留守も使われていたことを腹立たしく感じていた。

「莉子っ‼　ねぇ！　咲花が死んだんだよ、なんで出てこないのよっ‼」

昂ぶった美彌子が、莉子の部屋のドアノブを力任せに回そうと触れた瞬間――カチャリ。

いきなり鍵の外れる音がして、蝶番の擦れるキィーという嫌な音が響いた。驚きノブから手を離した美彌子だが、玄関のドアは独りでに開いていく。

「……どういうことだ？」

美彌子の背後に立っていた高野が、目を白黒とさせる。

さっき高野が確認したとき、間違いなくこの部屋の玄関には鍵がかかっていた。それなのに施錠されていたドアが、美彌子が触れるなり開いた。

にもかかわらず、鍵がかかっていたドアの内側には誰も立っていなかった。

誰もいない代わりのように、ドアの奥で二人を待ち構えていたのは不気味な暗がりだった。

かろうじて外廊下の灯りが届いている玄関のその先、奥へいくほど濃くなる闇が部屋の中に充満していた。

その部屋の突き当たりの出窓から外を眺める莉子と、美彌子は目が合った。だから部屋の中に莉子はいるはずだ。いるはずなのに……だったら、どうして照明の一つも点けていないのだろうか。

なんとなく漂ってくる不穏な気配に、美彌子の喉がごくりと鳴った。

「……莉子、入るからね！」

美彌子が靴を放り脱ぎ、玄関から部屋の中へと踏み入った。

途端に生臭く、ねっとりした嫌な臭いが美彌子の鼻腔を襲う。美彌子に次いで部屋に入ってきた高野も、不快な臭いに常から浮いている眉間の皺をさらに寄せた。

「なんなの、この臭い……」

思わず尻込みしそうになる美彌子だが、ここまで来てあとに退けるものではない。

「莉子、いるのはわかっているんだからね」

玄関から上がってすぐのキッチンに立ち、引き戸が開けられたまま奥に暗闇が詰まった洋室に、美彌子が声をかけた。この暗がりの中に莉子がいるのは間違いない。

照明を点けたいところだが、こうも暗いとどこにスイッチがあるのかわからない。やむなく美彌子は、真っ暗なままの部屋の中に恐る恐る立ち入った。

一方で、高野は自分の鼻を喪服の袖で塞ぎながら、美彌子が入った洋室ではなくて、嫌な臭いの元と思われるバスルームへと向かう。

美彌子は、フローリングの床の冷たい感触をストッキング越しに感じながら数歩進む。すると、さっきアパートの外から見た出窓が街灯の灯りに照らされ、真っ暗な部屋の中で青白くぼんやり浮き上がってきた。

厚手の白いカーテン越しに窓の輪郭がわかる。暗がりを切り取ったようなその空間に、窓枠に顎を乗せて長い髪を垂らしたまま、じっと外を見ている莉子の後頭部が映っていた。

「……もぉ、いるならちゃんと返事してよ」

久しぶりに見た友人の姿に、美彌子の喉から安堵のため息が漏れた。

しかし――美彌子のその声にも、莉子はぴくりとも反応しない。

……何かおかしい。

いくら友人だろうと、いきなり自分の部屋に人が入ってきたのだ。それなのに、こんなにも無反応なことがあるだろうか。

美彌子なら、それが咲花だろうが莉子だろうが、勝手に部屋に入って来たら怒るし、何よりもまず驚く。にもかかわらず莉子は声一つ上げないどころか、電気も点けていない部屋で振り向きもせず、変わらずに外を見つめたままだった。

「……莉子？」

美彌子がささやくように友人の名を呼ぶが、やはり莉子は反応しない。

美彌子の呼吸が荒くなった。心臓が早鐘となって全身を巡る血を加速させているのに、身体の芯からどんどん寒気が滲み出てくるのを美彌子は感じていた。

出窓に向かって、美彌子がゆっくりと歩を進める。

ギィ――と、板張りの床が微かに鳴るも、莉子は微塵も動かない。

「………ねぇ、莉子」

一歩、また一歩――美彌子はハァハァと息をしながら、ゆっくりと歩いていく。

そしてあともう一歩のところで、出窓のカーテンに手が届く距離まで来たとき、

「美彌子っ‼　その莉子に近づくなっ！」

バスルームの方から、高野の叫び声が響き渡った。

だけど――もう遅い。

高野の声が聞こえたときには、美彌子の手はカーテンに届いていた。

カーテンの端をつかみ、高野の声を引き金とするかのように横に引いてしまう。

莉子は出窓から外を見ていたので、美彌子はてっきり、部屋の方に向いている莉子の頭は後頭部の方だと思い込んでいた。

でも違った。カーテンを開けると同時に、美彌子は莉子と目があった。

美彌子の全身を駆け巡っていた血が、一瞬で凝結する。

——壁から外へと突き出た出窓には、こちらを向いた莉子の首だけが乗っていたのだ。

何もわからず、何も理解できない。

美彌子が真っ白になった頭で、白く濁り始めた莉子の目をただ正面から見据えていると、

「わ　ぎ　も　わ　い　づ　こ」

決して動くはずがない莉子の口が開き、咲花と一言一句変わらない言葉を発した。

美彌子の喉からは悲鳴すら出てこない。あまりのことに気道が、空気の塊で支えていた。

そんな美彌子の左腕を、あの猛烈な痛みが襲った。

美彌子の腕を伝ってきた鮮血が指先で滴となり、床にポタリポタリと垂れる。

気がつけば——例の黒い人影が莉子の首の横に立っている。

真っ暗な部屋の中で、人影の輪郭の部分だけ一段も二段も闇が濃くなっており、見ているだけで不安になる歪な人型を為していた。

「あ、あぁ………」

美彌子の膝が砕けて、その場でストンと腰が落ちてしまう。

「おい、美彌子っ！」

奥のバスルームから出てきた高野が、美彌子の元へと駆け寄る。

倒れそうな身体を支えようとしてくれる高野の姿を目にしながら、美彌子は自分の意識がすーっと薄れていくのを感じていた。

4

「近づくな」——と、バスルームから洋室に向けて高野が叫んだとき、目の前には首のない莉子の遺体があったらしい。

浴槽の外側から膝立ちの状態で前向きに寄りかかり、浴槽の縁には首が乗っているにもかかわらず、首の先にあるべき頭がない女の死体。

浴槽の内側に垂れた左手には、事切れてなお血濡れた包丁が握られていた。

とくに抵抗したような痕跡も、浴室の中の洗面具が乱れている様子もない。首の切り口の綺麗さからしても、頸骨の隙間を縫う形で後ろから前にかけ自分の手で首を切り落としたに違いない——と、高野はそう直感したのだそうだ。

浴槽の中だけに溜まった、深さ数センチばかりの黒く変色した血液。それが部屋の中に入ったときに嗅いだ異臭の正体だった。

おぞましいとしか表現のしようがない莉子の死体を見つけたとき、たいがいのことには動じない高野といえども悲鳴を上げてしまいかけたらしい。

どうしてこんな凄惨な死に様を選んだのか――そんな疑問がすぐに高野の脳裏をよぎったが、同時にあり得ない妙なことにも気がついた。

浴槽の縁を使ってギロチンのように自分の首を切り落としたのであれば、浴槽内に莉子の頭が転がっていなければならない。だが莉子の首はどこにも見当たらなかった。

だから洋室にいる美彌子が必死になって莉子に呼びかけているのを耳にしたとき、高野はまずいと感じたらしい。もっともそれがわかって声を上げたときには、美彌子はもうカーテンに手を伸ばしていたのだが。

首だけの莉子と対面したせいで、気を失ったらしい美彌子を外に連れ出してから高野は警察を呼び、そして今、莉子の部屋は警察の調査のために封鎖されていた。

そんなあらましを意識をとり戻してから高野より聞き、おそらく莉子の死を警察は事件として捜査するはずだと、美彌子は思った。でも同時に、莉子を殺害した犯人なんて見つからないとも確信していた。

高野が直感したように、たぶん莉子は自らの手で首を切り落としたのだろう。でもそのことを警察は決して認めないに違いない。

なぜなら高野も気がついたように、莉子の首が浴槽になかったからだ。莉子が自殺であるのなら、切り落とした首だけで出窓にまで移動したことになってしまう。

思い返せば、美彌子が気がついたとき、莉子の首は間違いなく窓の外を向いていた。

でも美彌子がカーテンを開けたときには、部屋の内側を向いていた。つまり鍵のかかった密室の中で、莉子の生首は独りでに動いていたのだ。

血塗れ(ちまみ)の浴槽の中から落ちた首が這(は)い出てくる姿を、窓辺で外を見ていた首が一八〇度回転するさまを想像して、美彌子は心底からゾッとした。

そんなあり得ない怪異を引き起こさせたのは、きっと黒くて歪なあの人影だ。

未だ痛みがある左腕を右手で握り締め、美彌子は震えそうになる歯の根を食い縛った。

咲花と莉子は、ともに首だけの姿で同じ謎の言葉を美彌子に向けて発した。そしてどちらのときも美彌子は、意味深に佇む闇を纏(まと)ったような歪な人影を視(み)ている。

たぶん——あの人影が言わせたのだ。

咲花と莉子から首を奪い、二人の口を操って意味不明な言葉を美彌子へと問いかけさせたのだ。

それは確信にも直感だった。

とはいえ、こんな荒唐無稽な話を誰が信じるというのか。誰も耳なんて貸してくれやしないだろう。警察に莉子を殺した犯人は黒い人影だと伝えたところで、頭がおかしいと思われるのが関の山だ。

美彌子には何をどうしたらいいのか、まるでわからなかった。

「おい、大丈夫か？」

不意に高野から声をかけられて、莉子のアパートの前にある植え込みのレンガに腰掛けたまま、美彌子はすっかり自分が放心していたことに気がついた。

「でもまぁ……これで大丈夫だったら、そいつは何か壊れているがな」

と、美彌子が座っている隣に、高野が喪服が汚れるのも気にせず座った。

莉子のアパート周りにはまだ何台ものパトカーが停まっていて、制服姿の警官たちが右往左往している。きっと明日の朝には、莉子のことがニュースとなっているはずだ。

「とりあえず、今日のところは俺たちは帰っていいそうだ」

「……いいんですか？　私たちは莉子の死体の第一発見者なのに。普通こういうときって容疑者になって任意同行されたりするんじゃないんですか？」

「ミステリー小説の読み過ぎだ。見つけたときからわかっていたが、莉子の遺体は死後三日ぐらいは経っている。俺たちはただの発見者だよ。もっとも連絡だけはちゃんととれるようにしておいてくれと、警察からは言われたがな」

——死後三日ぐらい。

それが事実なら咲花の死を伝えるため美彌子が何度も莉子に電話をしていたときには、既にもう莉子は死んでいた可能性が高いということになる。

というよりも……同じ日だったのではないのだろうか?

咲花と莉子の二人はまったく同じ日に、ともに首が切断されるという極めて似た死に方をしていたのではないのか。

「……高野先輩、莉子の首筋に輪みたいな痣はありませんでしたか?」

「痣? いや、さすがに俺だってそんな細かな部分を注視できるような状態じゃなかったからな。正直、わからん」

「……そうですよね」

莉子の首にも輪のように浮かんだ赤い痣があったのなら、それは死ぬ直前の咲花とまるっきり同じになるのだが。

いや……おそらくだが、自ら首を切断した莉子にもあの赤い痣があったのだろうと、美彌子は思い直した。

咲花同様に死ぬ少し前から輪のような痣が浮かび上がって、そして咲花の首があの赤い痣の場所から千切れたように、莉子は首に浮かんだ赤い痣をなぞるようにさくりと後ろから包丁を刺し入れ、そのまま自分の両手で前へと押し——、

「おい、美彌子!」

嫌な想像を巡らしているうちにまた深くうな垂れていた美彌子の名を、高野がきつめに呼んだ。

「今夜はもう帰って休め。顔色がひどいぞ」

「……ひどい顔色とか、そんなのあたりまえじゃないですか。というか人の心配ばかりでなく、高野先輩自身は莉子のあんな姿を目にしても平気なんですか？」

「平気か平気じゃないかと言われたら、俺だって平気なものか。それでも、俺に何がどうこうできるわけじゃない」

「……自分で切り落としたように思える首が、浴槽でなくて洋室にあったのに、高野先輩はそれすらも気にならないんですか？」

「そのことは、今警察が調査しているだろ！」

美彌子の言い草に、高野が僅かに語気を荒げる。しかしすぐにはっとなって、目を伏せた。

「すまん、取り乱した。……そうだな。連続して遭遇してしまった、親しい友人のあんな凄惨な死に様だ。後輩を亡くした俺より、美彌子の方がずっと辛いはずだな」

「いえ、私の方こそすみませんでした。でも私の顔色が悪いのは、高野先輩が思っている理由とは少し違うんですよ」

「どういうことだ？」

「それは……」

問われた美彌子が口を噤む。

だけど一人で胸のうちに抱えておくにはあまりに怖すぎて、すぐにまた口を開いた。

「実はこれ、二度目なんです」

「二度目？　だから、何がだ」

「親しかった友人の生首に、話しかけられたことがですよ」

「……なんだって？」

「咲花のときは、電車に轢かれて千切れた首が私の足下に転がってきました。莉子のときは確かに外に向いていた首が、いつのまにか部屋の内側へと向き直っていました。それで首だけになった姿をわざわざ私に晒し、二人して同じ言葉を口にしたんです。

──『わぎもわいづこ』って」

高野が絶句する。

最初は目をパチクリとさせ、それから急速に瞳の色味が失せた。そして次の瞬間から、冷静に冷淡に、美彌子の様子をうかがう目つきへと変化した。

美彌子は「……あぁ」と心の中で呻き、死んだ二人から話しかけられたことを、つい勢いで口にしてしまったのを後悔した。

高野の目は、美彌子の心と頭を心配している目だった。美彌子の精神状態を懸念しているのだとわかった。

こうして疑われると思っていたからこそ、咲花のときには誰にも言わなかったのだ。

正直、不快だった。

やっぱり堅物の高野に打ち明けたのが間違いだったのだろう。幽霊否定派の高野だが、ひょっとしたら親身になって一緒に悩んでくれるかもしれない――気の迷いで、そんな風にちょっとでも思ってしまったのがいけなかったのだ。

美彌子は左腕の袖をピッと伸ばす。こんな様子では左腕の袖をまくって、この袖の下にある傷を高野の鼻先に突きつけたって、同じ態度のままに違いない。

「とにかく帰ろう、美彌子。家まで送っていく」

「……いえ、大丈夫です。一人で帰れますから」

一応は心配をしてくれているのだろうが、それでも美彌子の口から出る声音はつい冷たいものになってしまう。

とりあえず高野と別で帰るためのタクシーを呼ぼうとしたところ、

「美彌子ちゃん！」

レンガの生け垣に座った美彌子と高野の前に、コート姿の男性一人駆け寄ってきた。

「――氷見！　おまえ、どうして」

ふわりとパーマをかけた明るめの茶髪の男性は、高野と同じ院生一年の氷見だった。

走ってきたことで肩を上下させた氷見が、顰め面の高野と違う柔和な細面に、どこか人をほっとさせる柔らかな微笑を浮かべた。

「さっき教授から連絡があってさ、僕の家がゼミ生の中でも一番近くだから二人を助けに行ってやってくれって、そう言われたんだよ」

「教授が？　なんで教授が俺たちのことを知ってる？」

「……あっ、さっき私が教授にメールを入れておきました」

何しろ自分の研究室の学生が、二人も連続して凶事に遭ったのだ。美彌子は莉子の両親の連絡先などは知らない。だから警察からの簡単な聴取が終わったとき、方々にも連絡ができるゼミの教授にはおおまかな事情をメールで伝えておいた。

「だいたいの事情は教授から聞いているよ。辛かったでしょ、美彌子ちゃん。特に莉子ちゃんとは、君は仲が良かったもんね。咲花と莉子ちゃんと、立て続けにこんな目に遭うとか……本当は今にも泣きそうなんでしょ？」

「氷見先輩……」

高野には目もくれず氷見は美彌子に近寄ると、冬の夜気で冷え切った美彌子の手をそっと握った。

高野がギョッとしつつ、ムッとしたように目を細める。

だが氷見は高野の反応など意にも介さず、美彌子の耳元へと自分の顔を近づける。

「……美彌子ちゃん、気をつけなよ。今の君にはとても悪い霊が憑いているよ」

「えっ⁉」

その囁きを聞いた途端、自分でも驚くほどの大きな声が美彌子の喉から漏れていた。

「それ、ほんとうですかっ⁉」

美彌子の食いつきに、氷見が少しだけ驚いたように目を見開く。

でもすぐにいつもの涼しげな顔つきに戻って、

「うん、できるものならすぐにでもなんとかしたほうがいいと思う。君さえ良ければ、僕の知り合いの霊能者を紹介してあげるよ」

やっぱり――口の中だけで、美彌子がつぶやいた。

瞼の裏に浮かぶのは、何度も姿を見たあの真っ黒くて歪な人影だ。

美彌子の心臓がドドッと強く脈打ち、気がつけば自分の左腕を握り締めていた。

「おい、氷見！　おまえはまたそんな世迷い言を吹き込むのか！　霊なんてものがこの世にいるわけないと、いつも言っているだろ」

霊の完全否定派の高野と、どうやら霊感があるらしい氷見との喧嘩はいつものことで、美彌子はそんな二人のやりとりをこれまで気にしたこともなかった。

だけど今、氷見なら一連の怪異現象の原因をはっきりさせてくれるのかもしれないと、美彌子はそう思っていた

「心労が重なっている美彌子に必要なのは、おまえの与太話ではなくて休息だ。今日のところは俺が美彌子を送っていくから、おまえはもう自分の家へとかえ――」

「高野先輩。私、氷見先輩に送ってもらいます」

高野の言葉を途中で遮り、美彌子がきっぱりと口にした。

高野の目が少しだけ見開く。

「……おまえ、まさか氷見が言う怪しい話を信じるつもりか？」

「私のことを心配をしてもらえるのは嬉しいですが、今は氷見先輩に話を聞いてもらいたい気分なんです」

高野が自分の唇を噛み、あからさまにムスっとした表情を浮かべる。

「そうか……そう言うのなら、勝手にしたらいい」

美彌子が申し訳程度に「すみません」と口にする。

黙る高野を横目で見ながら、氷見は得意げに口元を緩めていた。

5

「美彌子ちゃんもさ、本郷鳳正（ほんごうほうせい）さんは知っているよね？」

「……いえ」

美彌子のアパートに向かうタクシーの中で、後部シートに並んで座った氷見が口にした聞き慣れない名前に、美彌子が首を横に振った。

「えっ、そうなの？　本郷さんっていうのはね、ホラー雑誌に実録の除霊漫画が載っていたりもする、とにかく凄い力を持った霊能者なんだよ。この界隈では知らない人がいないぐらい、すごく有名な霊能者なんだけどね」

この界隈っていったいどの界隈なのだろう――ドヤ顔で語る氷見に対して、美彌子はふとそんな疑問を感じていた。

というか、元とはいえ少し前まで彼女だった咲花が死んだというのに、どうしてこの人はこんなに平然としていられるのだろうか。

あまりに普段通りの氷見が、美彌子は少し気味悪くなっていた。

「とにかく、大丈夫だよ。いざとなったら僕が本郷さんを紹介してあげるから、大舟に乗ったつもりでいて。本郷さんなら、どんな霊だろうとも必ず祓ってくれるからね」

「……ありがとうございます。助かります」

「でもその前に、美彌子ちゃんのアパートの部屋の中を見せてくれるかな」

「私の部屋ですか？」

「そう。僕の霊視だとね、美彌子ちゃんに憑いている霊は君の部屋に根をはった地縛霊だと思うんだ。たぶん以前に君の部屋で亡くなった人がいるんじゃないかな、美彌子ちゃんの部屋はいわゆる事故物件というやつだよ。その霊が頻繁に遊びに来ていた莉子ちゃんたちにも少しずつ悪い影響を与え、それで無理やりあの世に引きずり込んだんだと思う」

「……はぁ」

どう答えていいかもわからず、美彌子が曖昧な返事を返した。

美彌子の部屋は築四〇年を越えるボロアパートだ。確かに亡くなった人が過去にいたとしてもおかしくはない。だけどあの部屋に住んで一年近く、美彌子は今日までそんなことを気にもしてこなかった。しょっちゅう遊びに来ていた咲花も莉子も、古くてボロいと冗談半分にからかいこそすれ、気味が悪いとか寒けがするとか、そんなことを言ったことは一度もなかった。

そもそも美彌子は、全てがいきなり始まったような気がしている。唐突に何かが始まって、そして立て続けに惨劇が起きている――そんな風に感じていた。

「もしも美彌子ちゃんの部屋にいる悪霊の力がそんなに強くなければ、僕でも除霊できるかもしれない。仮に手に負えなくて本郷さんにお願いするにしても、美彌子ちゃんの部屋にいる悪霊がどんな奴で、どれぐらいの強さの霊なのかぐらいは、わかった上で紹介をしたいんだよね」

何だろう……今の美彌子には、氷見の言うことがとても胡散臭く感じていた。

自分の体験を頭から信じようともしなかった高野の視線に晒された直後、氷見の「君にはとても悪い霊が憑いている」という言葉に救われたような気がした美彌子だったが、しかし今は冷や水を浴びせられたような気分だった。

本音では、氷見の言うことがどうにも浅はかな気がしている。だけど氷見に視てもらうことでおかしなことの原因がわかるのならと、相反する気持ちもあった。

少し悩んだ末に、美彌子は「わかりました」と氷見を部屋に上げることに応じた。

美彌子の住むアパートの前にタクシーが到着し、二人して降りる。

終電もとうに終わっている時間のため、少し部屋の中を見るだけであればこのままタクシーを待たせようと思ったものの、氷見は勝手に運転手に料金を払いタクシーを解放した。帰るときに困るのは氷見なので、別に美彌子はかまわないのだが。

「あの……部屋の中を片付けるので、ここで少し待っていてもらえますか？」

「お構いなく、僕は気にしないからさ」

と、美彌子が古い外階段を登る後ろを氷見はぴたりとついてきて、二階の角にある自室の玄関前に一緒に立った。

「いえ、私が気にするんです。氷見先輩は少しだけ部屋の外で待っていてください」

気の置けない同性の友達ならいざ知らず、片付けてもいない部屋の中を、同じゼミの異性の先輩に見られるなどたまったものじゃない。特に咲花の事件以降は気持ちが落ち着かず、今の美彌子の部屋は普段以上に散らかっているのだ美彌子は鍵を取り出し鍵穴に差し込むと、古くてコツが必要になった鍵を無理くりに回す。ガチャリという音がして施錠が外れ、ノブを回して薄い合板の扉を開けた。背後の氷見に部屋の中が見えないよう、自分の身体が通れる分だけの隙間から美彌子は急いで中へと身を滑り込ませる。

そのまま後ろ手に素早く戸を閉め、鍵をかけようとしたところ、外側から強い力でもっていきなりドアノブを引かれた。

「えっ⁉」

美彌子が声を上げたときにはもう、氷見が玄関から中に入ってきた後だった。狭い玄関口に二人同時に立つことになり、美彌子の身体が氷見と密着する。

「ちょっと‼　出ていってください！」

美彌子が抗議の声を荒げるも氷見からは返事がない。代わりにバタンとドアを締める音が響き、続いて押しボタン式の鍵をかけた音がした。

美彌子の背後に立つ氷見の腕が、美彌子の腰にまとわりついてくる。途端に美彌子のうなじから背中にかけて鳥肌が立ち、顔からはさーっと血の気が引いた。

あの黒い人影を見たときとはまた別種の、現実的で不快な恐怖と怖気（おぞけ）が、美彌子の全身を駆け巡る。

「や、やめてください！　氷見先輩っ！」

　美彌子は氷見の腕の中から逃げようと抗うが、ビクともしない。身体を捻って何とか引き剝がそうと足掻くも、逆に台所の板張り床の上へと氷見に押し倒されてしまった。

　声にならない悲鳴を上げて、美彌子は玄関口から部屋の中へと必死に逃げようとする。しかし氷見は変わらずに美彌子の腰に腕を巻き付け、まるで離そうとしない。

「いい加減にしてください！　咲花、死んだばかりなんですよ!!」

「……美彌子ちゃん、僕は本郷さんと知り合いなんだよ。言っていることの意味は、わかるよね？　君に憑いているのはもの凄く強い悪霊だ。本郷さんの力を借りなければ除霊なんてできやしない。僕に嫌われたりしたら、本郷さんを紹介してもらえないんだよ」

「いいから、離れてっ!!」

　仰向けにさせられた美彌子が、抱きついてくる氷見を少しでも遠ざけようと両手を突っぱねる。身長差のせいで、抵抗する美彌子の視界に映るのは氷見の首筋だけだ。気持ち悪いほどの肌の生白さに、反吐が出そうになった。

　氷見はとにかく強引に、美彌子の身体を組み敷こうとする。

　生理的にもこれ以上は限界だと、美彌子は恥も外聞もなく大声を上げて、隣近所の部屋で寝ている住人たちに助けを求めようと考えたとき――美彌子の上で、もぞもぞ蠢いていた氷見の動きがいきなり止まった。

「あっ、あぁぁ……」

どんなに押しのけようとしてもまるで離れなかった氷見が、なぜか呻きながら美彌子を放して立ち上がる。

その隙を逃すことなく、美彌子は這うようにして必死に台所の奥にまで逃げると、警戒したまま膝立ちで氷見へと振り返った。

しかし、氷見の目線は逃げた美彌子には向いていなかった。

氷見の目が向いた先は、美彌子が普段生活している古い漆喰の壁で囲われた和室の中だった。薄暗がりの中に沈んでいる部屋の中心から、どうしてか氷見は目を逸(そ)らせずにいるように、美彌子には思えた。

何もないはずの部屋を見据えたまま、氷見の顔色がみるみると蒼白(あおじろ)く変化していく。目玉が飛び出さんばかりに浮き上がってきて、呼吸が一息ごとに激しく荒れていく。

氷見の異様な表情に美彌子が恐怖を覚えたとき、

「あ………ああぁぁぁっッ‼」

バネで弾(はじ)いたかのような勢いで氷見が玄関を開け、部屋の外へ飛び出した。

外廊下を全力で走り抜けてから、階段を駆け降りている途中で足をもつれさせて滑り落ちる。地面に腰をしたたかに打ちつけるも、それでもすぐに立ち上がり、情けない悲鳴を上げながら夜の住宅街の中へと一目散に逃げていく。

そんな様子を玄関から身を乗り出し遠目で見ていた美彌子は、氷見の姿が街路の向こうへと消えるなり、はっと気がついて慌てて玄関を閉めた。

ボタンを押して鍵をかけると同時に安堵の息が漏れ、ドアに背中を預けたままずりずりとその場に座り込んでしまう。

「……助かった」

体育座りの姿勢で首をうな垂れさせると、礼服のスカートからいつのまにかブラウスの裾が引っ張り出されていたことに気がつく。

途端に例えようもない悔しさが込み上げてきて、怒りから涙が滲み視界が霞(かす)んだ。

――だけれども。

美彌子は手の甲で目尻を拭いながら、玄関に座ったまま和室の中へと目を向けた。

未だに照明すら点けていない部屋にあるのは、置いた家具だけが色濃くなっている薄闇だけだ。当然ながら誰もいないし、何もいない。

でも氷見は、明らかにこの部屋に中に何かを視ていたようだった。

視えた何かに怯(おび)え、怖れ、それで逃げていったように美彌子には思えた。

誰もいない部屋の中を凝視する美彌子の喉が、自然にごくりと鳴った。

自分が寝食を行い生活をする部屋――氷見はここで、いったい何を視たのだろうか。

6

一限目の上代文学概論を終えた美彌子は、学内の中庭にあるベンチでぼーっとしていた。次の講義があるのは四限目だ。お昼を挟んであと数時間、わざわざキャンパスから歩ける距離にアパートを借りた美彌子は、普段ならこれぐらい時間が空くと家に帰っていた。

しかし今は、できるならあの部屋に一人でいたくなかった。

別にあの部屋で何かがあったわけではないし、何かを視たわけでもない。でも気になりだしたら、何かがいるような気配がしてたまらなくなったのだ。

家に帰りたくないのならゼミ室へと行けばいい。実際に家まで距離がある同学年の女子は、授業の合間にゼミ室に立ち寄って談笑し、時間を潰していることも多い。

でも美彌子は、ゼミ室にも行きたくはなかった。

――というよりも、正確には氷見の顔をいっさい見たくなかった。

未遂とはいえ、あの日に氷見からされたことに、美彌子は腸(はらわた)が煮えくりかえる気持ちだった。咲花と最後に会ったとき氷見の本性を聞いていたはずなのに、霊が視える云々(うんぬん)という話でうっかり気を許してしまったことを激しく後悔していた。

本当であれば声を出して告発し、訴えてやりたい。あの男がしようとしたことを誰彼構わずに聞いてもらって、散々詰ってやりたい。

でもそれは自分がどういう目に遭いかけたかと公表するのと同義であり、できるものならもう二度と思い出したくないというのも、紛れもない美彌子の本音だった。

話せば氷見を弾劾できるかもしれないが、同時に自分の今の環境にも少なからず影響が出る。相手は同じゼミの先輩だ。当然ながらゼミの中では、色んな嫌な話も飛び交い、そして自分を見る目に周囲からの色眼鏡もかかってしまうだろう。

ゆえに美彌子は二の足を踏み、こうしてゼミ室へと行かぬまま、数日が経過していた。

美彌子の口から、自然と大きなため息がこぼれた。

ただただ憂鬱で、できるものなら今は深く考えたくはない。

それは氷見のことも、それからアパートのことも、両方だ。

だから美彌子は、周りを校舎に囲まれ人もまばらな中庭のベンチに一人座り、ぼぉーっとしながらうつむいていたのだが――ふと、目の前に誰かが立った。

「相変わらず浮かない顔だな、美彌子」

慌てて顔を上げれば、そこにいたのは高野だった。

いつも通りの怒っているのか、機嫌が悪いのかよくわからない渋い面持ちで、美彌子の鼻先に缶のカフェオレを差し出してくる。

驚きながらもそれを受け取った美彌子は、

「ありがとうございます、聖せんぱ――あっ！」

またあだ名のほうで呼びかけてしまい、焦った声を上げた。

高野は苦笑しながらも、うろたえる美彌子の隣にどっかと腰を降ろす。

「呼びやすければ、もう『聖』でいいさ。後輩どもが陰で面白おかしく俺のことをそう呼んでいるのは知っている。まあ偉大な作家の名作が由来だ、別にそれほど悪い気もしない」

表情からは感情の読みにくい高野ではあるが、この件に関しては別に嘘でもないのだろうと、美彌子は感じた。

「だったらあらためて遠慮なく――聖先輩、いただきます」

礼を言いながら堂々とあだ名で呼び、美彌子が缶のプルタブを押し開ける。一口啜ると途端にカフェオレの甘みが口腔一杯に広がり、疲れ切った脳が休まるような気分になる。

ちなみ美彌子の隣に座る高野が、自分のために買ってきていた飲み物はお汁粉だった。

渋面のまま美彌子よりも甘い物を啜る高野の姿に、美彌子は内心でくすりと笑ってしまう。

「それで……氷見と何かあったのか？」

いきなり飛び出てきた核心を突く質問に、美彌子の心臓がドキリと跳ねた。

「……どうして、そんなことを訊くんですか？」

焦った美彌子は、とっさに質問に質問を返す。

「実は氷見の奴、おまえを家に送っていったあの日を境にゼミ室に姿を見せていないんだ。

それで気になって何人かが連絡をしてみたんだが、誰にも返事がない。院生である俺も氷見も、校内での活動は基本ゼミ室での研究しかないからな。ゼミ室に顔を出さないということは、氷見の奴はたぶん学校にも来ていないはずだ。いきなり大学にも来なくなった上に、連絡もとれないってのはさすがに変だろ？　だから念のために訊いたまでだ」

美彌子はてっきり、氷見は普通に生活をしているものだと思っていた。

自分の心には傷を負わせたくせに、氷見自身はいままでと同じように生活をしているのだろうと、そう勝手に憎々しく想像していた。

だけど、どうやら氷見にも何かがあったらしい。

美彌子は僅かに逡巡する。あの晩のことを高野に話してしまおうかとも考えたが、でもやっぱりやめた。

氷見に襲われかけたことを高野に知られたくはない、そう感じている自分がいた。

「そうですか……でも、別に何もなかったですよ」

本心を探るように、高野が無言で美彌子の目をじっと見つめてくるも、

「……そうか。だったらそれでいい」

短いやりとりではあるものの、なんとなく高野は察してくれたような気がした。

そう感じただけで、美彌子は胸の内が少しだけ軽くなり、なんだか安らいだ。

――一瞬の沈黙。

○6○

仕切り直すかのように、高野が缶のお汁粉をぐびりと一口飲み、再び口を開いた。

「それで、おまえが言っていた『わぎも』とやらは見つかったのか？」

「……はい？」

何を言われたのかわからず、美彌子はつい頓狂な声を返してしまう。

「いや『はい？』じゃないだろ、おまえが言ったんだぞ──『わぎもわいづこ』とな」

美彌子の目が丸くなった。

言った──確かに言った。

あれは莉子のアパートの前でのことだ。不安で怖くてたまらなかった美彌子は、首だけとなった二人から囁かれたその言葉を、ありのまま高野に伝えてあった。

「まあ、実際に首だけとなった人間が喋れるわけがない。そもそも肺がないわけだからな、仮に筋肉の痙攣や伸縮で口が動くことはあっても、声が出るのは物理的にあり得ない。だからはっきり言って、俺は二人の首が発した言葉というのは美彌子の幻聴だと思っている。あまりの恐怖や衝撃からありもしない声を聞いたという錯覚、つまりおまえの脳の誤認識だ」

甘いカフェオレを啜りながら、美彌子が苦々しく笑った。

それは非常に高野らしい結論だ。怪奇な現象を頭から否定するブレない高野の話に、美彌子はむしろ安心さえしてしまいそうになる。

——だが。

「でもな幻聴とはいえ、そう聞こえたのであれば、同時にそれは美彌子の深奥からの心の声だとも考えるべきだ。美彌子が無意識下で考えていることが、理性も何もなくなったときに表層に噴き出し、脳が勝手に声として認識したとも解釈できる。だから訊ねているんだ——おまえの心がどこかで探している『わぎも』とやらは見つかったのか、ってな」

美彌子としては「空気も私の鼓膜も震えていなくても、それでも二人は声を出したんです」と、そう反論したくなる。

しかしそれはそれとして、美彌子には今の高野の話の中でどうしても聞き捨てできない部分があった。

「あの……『わぎも』って、ひょっとして意味のある単語なんですか？」

おずおずと返した質問に、高野の口が呆れたようにあんぐりと開いた。

「おまえな、いくら現代文学専攻とはいえ、それはないだろ……中学生の古典からやりなおしてこい！　『わぎも』は『わぎも』だろうが。漢字で書けば『吾』に『妹』で——『吾妹』だ」

高野に言われて「あぁ！」という驚きの声が、美彌子の喉から噴き出た。

わぎもわいづこ——ワギモハイズコ——吾妹（わぎも）は、何処（いずこ）？

咲花と莉子の首から発せられた言葉を音声だけで認識していた美彌子は、それを意味不明な呪文のようなものと捉えていた。

でも高野の叱責で、美彌子はその言葉の意味を理解した。漢字に変換すれば明確だった。『妹』とは、男性側から親しみを込めて呼ぶ女性の呼称。それに自分を示す人称代名詞の『吾』がついているわけだから、『吾妹』とは自身と極めて親しく近しい間柄の女性を指す語となり、それを『何処』と問いかけている。

つまり、吾妹何処――私の親しい女性はどこにいるのか、という問いかけになる。

――それでは。

次に頭に浮かぶのは、それはいったい誰からの問いかけで、探しているのはどこの誰の『吾妹』なのか、という疑問だ。

普通に考えれば、問いかけてきた相手が『吾』となるのだろうが、それは首だけの咲花と莉子だ。美彌子は、二人は違うと直感している。二人は身体から首を切り離され、それこそ操り人形のようにただ口を動かされて言わされただけのような、そんな気がしている。

そもそも咲花も莉子も、日本文学に関しては美彌子と同じ程度の知識と嗜好だった。首だけとなってもなお最後に伝えたかった言葉が古語とか、二人のことを思えば違和感しかない。

美彌子は無意識に、自分の左腕を右手で握っていた。

正直、『吾妹』の居場所を問いかけてくる相手に、美彌子は心当たりがある。

というよりも、あいつ以外には考えられない。

最初に美彌子がそれを見たのは、祖母の火葬場からの帰りのバスの中でのことだ。

そして咲花と莉子の首が喋ったときも、あいつはすぐそこにいた。

暗闇を纏ったような真っ黒い外見に加え、輪郭のどこかはっきりしない歪な人影。

あいつの姿を見ると美彌子の左腕は痛み出す。治りかけた傷から血が滴ってくる。

氷見は事故物件の地縛霊が自分に憑いていると言っていたが、あながち間違ってもいないのかもしれないと、美彌子は思った。

「聖先輩、一つ訊いてもいいですか？」

「別にかまわんが、なんだ」

「血を吸う『蛭（ひる）』に、児童の『児（じ）』と書いて——それで何て読むと思いますか？」

「『蛭』に『児』？……あぁ『蛭児（ひるこ）』か」

あっさりと返ってきた答えに、美彌子の鼻の穴が膨らむ。

ネットで検索すれば『蛭児』の読み方や意味はわかるかもしれないと、美彌子も思ってはいた。でもそれをするのが怖くて、今日までできなかったのだ。

もしもちゃんと意味があれば、美彌子の左腕もまた怪異に侵されていることになる。

意味なんてない、ただの偶然でたまたまそう読めるだけだと――美彌子はできるならそう思い込みたかったのだが、そんな望みは高野の今の言葉で簡単に潰えた。

やっぱり自分には――悪霊が憑いている。

足が震えそうになるのを堪え、美彌子は高野に続けて訊ねる。

「だったら、その蛭児――ヒルコって、何なんですか？」

「ん？――ヒルコというのは『古事記』『日本書紀』に出てくる天津神の名だ。古事記では国産みの後の最初の子とされ、日本書紀では三番目の子とされているが生まれながら足が立たなかったという理由で忌避され、親神であるイザナギとイザナミの手で海に棄てられている。いうなれば、ヒルコというのは障害を持った神のことだな」

美彌子がはっと息を呑んだ。

棄てられたという、奇形神――どこか歪に感じる、黒い人影。

「いくら現代文学専攻でも、記紀ぐらいは読んでおくべきだと思うが……しかし、いきなりどうした？　ヒルコが何か気になるのか？」

美彌子の肩が過剰なまでにビクリと跳ねる。

この左腕のことを話してしまおうか――だけど、相手はあの高野だ。実際に見せたところでやっぱり信じないかもしれない。

その葛藤を美彌子が胸のうちでしていると、

「ねぇ……あれ、危なくない？」

「やばいって！　ひょっとして……死ぬ気じゃないのっ!!」

中庭にいた幾人かの学生たちが、急にざわめき始めた。

美彌子と高野も何事かと、他の連中が注視する方向へと目を向ける。

中庭を囲んだ校舎の中でも最も高い研究棟の屋上に、人が立っていた。

「ちょっとっ！　早く事務室から人を呼んできてっ!!」

「誰か！　毛布か何か持ってないの!?」

「バカっ！　そんなんでどうこうできる高さじゃねぇだろ！」

蜂の巣をつついたような騒ぎとなる中庭で、しかし美彌子と高野は少しだけ唖然として固まっていた。

「聖先輩、あの屋上にいる人……もしかして」

「あぁ、俺にもそう見える。あれは――氷見だ」

ここしばらくゼミにも姿を見せなかったという氷見が、今まさに校舎から飛び降りんばかりに、屋上の縁でふらふらと左右に揺れていた。

美彌子としては顔も見たくないと思っていた氷見だが、今はそんなことを言っていられる場合じゃない。

「間に合うかわかりませんけど行きましょう、聖先輩」

「そうだな……とりあえず屋上に行って、氷見と話すべきだ」

そして二人して並んで走り、氷見の立つ校舎の中へと駆け込もうとしたところ、

――グシャッ

咲花の時にも耳にした、水の詰まった袋が破裂するような音が聞こえ、同時に生温かい飛沫(しぶき)が美彌子の頬にかかった。

まさに校舎の中に入る直前の美彌子と高野の横、二人から僅か二メートルばかりしか離れていない場所に、氷見が落下していた。

呆気(あっけ)にとられ、走っていたままの姿勢で足を止める美彌子と高野。

僅かに遅れて、中庭にいる学生たちから「キャァー‼」「いやぁぁっ‼」と言った悲鳴の大合唱が、いっせいに巻き起こった。

校舎際のコンクリートの上に横たわった氷見の身体の下から血が染み出し、楕円状(だえんじょう)にゆっくりと広がっていく。

氷見は頭から落ちたようで首の骨が折れており、その角度は一二〇度以上、時計でいうなら四時と五時の間ぐらいのありえない位置にまで曲がっていた。

美彌子も高野も、ただただ声を上げることすらできず、氷見の傍らで立ち尽くす。

二人が動きを止めてしまう中、氷見の身体は断末魔の痙攣で震え続け、口は反射でもって金魚のようにパクパクと動いていた。

呼吸すら忘れそうな状況下だが、それでも美彌子は氷見の身体のある変化に気がつく。

ちょうど折れて曲がった氷見の首の部分に、まるで首輪のように丸くて真っ赤な痣が浮かんでいた。

氷見に押し倒されたとき、いっとき美彌子の視界は氷見の首筋だけで覆われたが、今浮かんでいるような痣はなかった。ただただ気持ちの悪い、のっぺりと生白い肌をした首筋だった。

——ならいつのまに、赤い線のようなこの痣は氷見の首に浮かんだのか？

そのとき、白目を剝いていたはずの氷見の片目だけがぐるりと動き始めた。左目はぐるんと回って頭蓋の内側を向いているのに、右目だけがあちらこちらへと勝手に蠢く。

まるで誰かに操られているかのような右目が、足下側にいた美彌子を見つけるなりぴたりと止まって、

「ワ　ギ　モ　ハ　イ　ズ　コ　？」

ようやく意味の判明したあの言葉が、折れ曲がって気道が潰れているはずの氷見の口か

ら発せられた。

瞬間、横たわった氷見の傍らに、例のあの人影が立っていることに美彌子は気がついた。

いつものように黒一色で全身が染まった、歪で何かがおかしい人影。

そいつがさも当然といった風にもう助からないだろう氷見の横に佇み、もの言わぬまま美彌子と向き合っていた。

「痛いっっ‼」

人影を目にした直後、猛烈な痛みが美彌子の左腕を襲う。

右手で左腕を握り締め、その場でうずくまった美彌子の袖にじんわりと血が滲み始めた。

「どうした？」

美彌子の異変に気がついた高野が我に返り、歯を食い縛る美彌子へと寄り添うようにしゃがみ込む。

美彌子の左手の指先から血が垂れていることに、高野はすぐに気がついた。

「怪我したのかっ⁉」

有無を言わさず高野が美彌子の左腕をつかみ、怪我の状態を確認すべく袖に手をかける。

「ダメっ！　やめてくださいっ！」

咄嗟（とっさ）に美彌子が懇願するも、美彌子を案じる高野は構わずに袖をまくり――高野の目が見開いたまま固まった。

美彌子の左腕の内側、そこにはまるで刃物を使って書いたかのごとく、文字の形の傷ができていたのだ。

「……これ、おまえが自分でやったのか？」

痛みに耐えながら、美彌子が首を横に振る。

というか、どうして美彌子が自分でこんなことをしなければならないというのか。

高野が信じられないといった風に僅かに首を左右に振った。

まるで切り裂いたかのように赤い鮮血を滲ませる美彌子の腕の傷は、間違いなく『蛭児』という文字の形に刻まれていた。

第二章　ヒルコ

1

『おい、美彌子。無事なのか？　なんでもいいから、とにかく返事をよこせ。ゼミの連中も心配しているぞ。言っておくが、氷見の自殺も、咲花と莉子の死も、まったくもっておまえのせいじゃない。おまえが責任に感じることなんて少しもないんだ。だからとりあえずは顔を――』

録音時間が終了し、高野からの留守電が途中で途切れる。心配してくれる高野の気持ちは正直、涙ぐんでしまいそうになるほど嬉しかった。

でもそれに甘えるわけにはいかない。先程の高野からの留守番電話の内容には、一つ大きな間違いがあった。

あの三人の怪死の原因には、間違いなく美彌子が絡んでいる。

三人の死体の傍らに立っていた歪な黒い人影――あれが三人を殺したのだと、美彌子はそう確信していた。

歪な人影が視えるたびに、美彌子の左腕に刻まれた『蛭児』の文字が痛んで血を流す。そんな自分が無関係のはずがない。あのおぞましい何かに魅入られているのは、死んだ三人ではなくむしろ自分の方なのだと、美彌子は感じていた。

だから学校に行くわけにはいかないし、むやみやたらに人とも会えない。

迂闊に会ってしまえば、今度はその人が死んでしまうかもしれないからだ。

自分に憑いたあの歪な人影が、今度はその人に狙いを定めるかもしれない。

そうなってしまったときには、美彌子はまた死体の首から問いかけられることになるのだろう。

吾妹何処――と。

「……すみません、聖先輩。全部終わったら、必ず謝りに行きますから」

スマホを手にしたまま、美彌子が独り小さくつぶやいた。

美彌子だって学校にも行けずに、部屋に閉じこもるばかりの日々なんて御免だ。

早く元の生活に戻りたいし、人とも会いたい。

高野の素なのか、不機嫌なのか判断に悩む顰め面だって早く見たい。そのためには、できることは何でもやらなければとも思う。

だから美彌子は、プロを頼ることにした。

「あなたが、橘美彌子さんね?」

アパートの最寄り駅の改札口で、待ち合わせ時間よりも一五分早く待っていた美彌子は、電車を降りるなり脇目も振らずまっすぐ歩いてきた女性に声をかけられた。

「……はい、そうです」

自信満々で迷わずに名前を呼ばれ、美彌子はついうなずいてしまう。

美彌子は今、初めて会う人と待ち合わせをしているところだった。

その待ち合わせている相手というのは、美彌子の顔を知らない。さらには今日の服装も相手に伝えていなければ、自分を特定できるような目印だって、美彌子は何一つ教えてはいなかった。

それというのも、どこかまだ相手の職業を胡散臭く感じる気持ちがあったからだ。

最寄り駅にまで着いたら電話をしてくださいと、そう決めて美彌子が相手に告げていたのは、自分の名前と電話番号だけだった。

だから電話連絡なしに、初顔合わせの相手が美彌子を特定できるはずがないのだが、

「びっくりしたでしょ? 顔を知らない依頼者さんを初見で当てるのが、私の密かな特技なのよ。この手の相談をしてくる人は背後の淀み方が普通の人とはかなり違うから、まず外さないのよね」

鳩が豆鉄砲を喰らったような表情をしている美彌子に、女性が得意げに鼻を鳴らす。

――待ち合わせ前に交わした電話のときから、相手が女性と知ってはいたが、それでも思っていたよりもずっと若い。おまけに美人だ。

ベージュのワイドパンツを履き、靴は色を合わせたフラットシューズ。ロングなチェック柄のチェスターコートを羽織って、肩にはショルダーバッグをかけている。服装だけだと、まるっきりただの会社勤めの女性にしか見えなかった。

「あら、思ったよりも驚かせちゃったみたいね。なんだったら巫女服か袈裟できたほうが、わかりやすくてよかったかしら」

「あ、いえ」

冗談めかした口調で屈託なく笑う女性に、美彌子は慌てて首を左右に振った。

面食らう美彌子だが、なんとなくこの人は信用できるような、そんな気がした。

「それでは、あらためまして。私が本郷鳳正です。今日はどうぞよろしくお願いします、橘美彌子さん」

本郷鳳正――それは氷見が口にしていた、有能らしい霊能者の名前だった。

2

本郷鳳正という名前をネットで検索したら、すぐに引っかかった。

氷見が言っていたように、本当に有名で実在する霊能者らしい。

漫画雑誌の企画で心霊相談を請け負っているらしく、それを元にした実録の除霊漫画も電子書籍で販売されていた。例しに買って読んでみると、巻末には心霊相談を受け付ける窓口のメールアドレスが載っていた。

だから美彌子は、ダメもとでそのアドレスにメールを送ってみたのだ。

知り合いだと聞いている氷見が先日に亡くなったこと、首にまつわる死に方をしたのは三人目だということ、そしてその原因が自分に憑いている悪霊ではないかということ――それらを包み隠さず文書にしたためて、送信した。

返事は驚くほど早く、翌日にはメールに書いておいた美彌子の番号にまで、直接本人から電話連絡があった。

『今朝ね、ものすごく嫌な予感がしたんですよ。これはまずいっていう、私の後ろの人たちからの虫の知らせです。それで私宛ての新しい相談メールが届いていないか、編集部に確認してもらって、すぐに全部転送してもらったんです。

美彌子さんからのメールを拝見しました。すぐにあなたのメールに呼ばれたんだとわかりました。これね、はっきり言ってもの凄くヤバい。とんでもない。メールの最後に、人と会うのが怖くて美彌子さんは今は家に閉じこもっている、と書かれていましたがそれ正解です。急いで何とかしないと、放っておけば次々とあなたの周りの人が死にますよ』

鳳正の話を聞いて、美彌子はゾッとした。

ネットの掲示板の情報では、人気の霊能者である本郷鳳正は、メールを送ってから返事がくるまで数ヶ月なんてのはザラであり、心霊相談を受け付けてもらえるまでに一年ぐらいかかった、なんて話もまことしやかに書かれていた。

それなのにいきなり直接に電話をしてきて、そんな悠長な時間なんてまるでないと、鳳正は主張する。他のあらゆる案件よりも先に優先しないと、とにかく人死にが出る。美彌子と、その周囲の人のためにも一刻も早い解決が必要なのだと、電話口で滔々と語られた。

あまりにも脅されるので最初は詐欺も疑い、相手の様子を見るため自分の特徴をあえて明かさず待ち合わせをした美彌子だが、しかし今はもう鳳正の力を少しも疑ってはいなかった。

ちなみに鳳正と氷見は知人でもなんでもなかった。どうやら彼女の名前を漫画で知って、氷見が勝手に知り合いを騙っていただけのようだ。

鳳正に訊いたところ「たまにそういう人がいるのよ」と返された。

美彌子は氷見が自分にしようとしたことを決して許す気はないが、自殺として扱われている氷見の死が、咲花から続く怪死の一環なのは間違いないと思っている。多少の負い目を感じている美彌子としては、鳳正の存在を教えてくれたことだけは、氷見に感謝しておこうと思った。

その鳳正と、アパートに向かう前に美彌子は駅前の喫茶店へと入った。

鳳正が言うには、なんでも美彌子のアパートは敵地であるらしい。だから相手のテリトリーへと立ち入る前に、まずは美彌子と面と向かって会話をしながら背後を視て、少しでも多くの情報を握っておきたいということだった。

「あなたに憑いているその霊ね、たぶん何かしらあなたと因縁がある霊なのだと思うの」

セルフ式のレジで支払いを済ませ、コーヒーを片手に適当な席に着くと、さっきまでの軽い感じとはまるで違う、真剣な眼差しで鳳正が美彌子に語りかけてきた。

「……私に憑いているということは、ひょっとして今もここにいるんですか？」

鳳正の目線が自分の顔ではなく、肩越しの背後へと向いていることに少し寒気を感じながら、美彌子は訊ね返す。

しかし鳳正は、左右に首を振った。

「いいえ、今はいないわ。たぶん、あなたのアパートの部屋にいると思う。メールに書いてあった、なんとかいう先輩の話はあてずっぽうだろうけれど、でも敵地と表現したようにあなたの部屋も何かしらその悪霊と絡んでいるのよ。

そいつにとって居心地がいい――というのもちょっと違うわね。たぶん、長いこと縛られていた場所と似ているんだと思う。言うなればそいつの根城、生きた人にとっては魔窟のような場になっていると言っても過言じゃないわね」

美彌子は自身の部屋を頭に思い浮かべた。自分が寝食をしている部屋が、おぞましい霊の魔窟だとか言われてしまうと、今夜からあの部屋で寝られる気がしなかった。

「でも……私、自分の部屋で何か不思議な体験とかしたことがないんですけど」

「でしょうね。そいつはあなたに危害を加えようとしていないもの」

鳳正がさも当然とばかりにうなずいた。

「その霊はあなたを利用することしか考えていない。むしろ従僕のように、自身の願いを叶えるべくあなたが動くことを、当然だと思っている。だから他人の口を操ってまで、あなたに何度も問いかけてきているの。メールにも書いてあった、あの言葉をね」

――ワギモハイズコ？

声音は違えども、三度も耳にした問いかけが、美彌子の脳裏によぎった。

「けれども、その言葉は無視なさい」

「……無視、ですか？」

「そうよ。決して相手の思惑に乗ってはダメ。どんな因果や理由で、あなたに『吾妹』とやらを探せと主張してきているのかわからないけれど、でも応じたらそれこそ相手の思う壺よ。小説なんかにもよくあるでしょ？　『悪魔の要求には従ってはいけない』なんて台詞がね。あれって実は核心をついているのよ。霊からの理不尽な要求に応じてしまえばあとはもう際限がなくなるわ」

そこまで語ったところで、目眩を堪えるように鳳正が額を手で覆い、頭を軽く振ってこめかみを揉んだ。

「大丈夫、ですか？」

「……ごめんなさいね、あなたに憑いた霊がちょっと強すぎるの。あなたの背後の残り香から霊視しているだけなのに、それでもくらくらするのよ」

氷の入ったお冷やを一息で飲み干して、鳳正は気持ちを整えるように「ふぅ」と大きめの息を吐いた。

強すぎる霊――美彌子はぐっと拳を握りながら、確認のため自分がこれまで視たモノの姿を訊ねてみる。

「その霊って闇を纏ったみたいに真っ黒くて、それでいてどこか歪な形をしている霊ですよね？」

「黒くて歪な形の霊？　……そう、あなたにはそう視えているのね」

「ということは、鳳正さんにはあの姿が私と違う風に視えている、ということですか？」

「えぇ、私には死んだときに着ていたと思われる、深紫色をした服の色すらもはっきりと視えているわよ。たぶん服装からして千年以上は前の霊だと思う」

「千年って……そんなに⁉」

「そう。そしてこの霊の怖ろしいところはね、未だに人の姿を保っているところなのよ。人の想い(おも)が時間とともに自然と風化していくように、霊というのも普通は古くなればなるほど生前の姿を失っていくの。だけれどもこの霊はまだはっきりと生前の姿を保っている。これはこの世への未練が、今でもしっかり残ってしまっている証拠よ。千年を越えてなお色褪(いろあ)せない執念——ここまで怖ろしい相手は私も初めてよ」

鳳正の深刻そうな表情に、美彌子はどうしてよいかわからず、目を伏せてしまった。

「だけどね、安心して。ちゃんと救いもあるから」

「救い、ですか？」

「そうよ」

と、鳳正がすっと美彌子の左腕を指さす。

美彌子は、はっとなって服の上から例の傷を手で押さえた。

「隠さなくていいわ、ちゃんとそこに何が書かれているのかも、わかっているから」

美彌子は驚き、まじまじと鳳正の顔を見つめてしまう。

○8○

それというのも、この腕に刻まれた文字のことは相談のメールには書かなかったからだ。自分の身体に刻まれた、文字の形をした異常な傷。できるものなら、それを他人には知られたくなかった。とはいえ必要があれば言うつもりではあったのだが。

しかし鳳正は、何も言わぬうちから美彌子の腕の傷を指摘してきた。

「その腕の傷はね、あなたの目からは真っ黒く視えている、あの霊が刻んだものではないの。それはね、あなたを守っている味方の霊からの警告なの」

「私の、味方の霊？」

「あなたを守護している側の霊に一人強いのがいてね、『こいつに気をつけなさい』って、その黒く視える霊の名前を教えて警告してくれているの」

「それじゃやっぱり『蛭児』というのが、あの歪な黒い霊の名前なんですか？」

「そう。でも、たぶん本名ではないわね。そう呼ばれて然るべき存在。あるいはそう呼ばれるように、仕向けられた存在——という感じの名前じゃないかしら」

……それは、どういう意味だろうか？

「ごめんなさい……正直に言って、『蛭児』という名前から深く霊視をしていこうとすると、急に霧がかかってきたみたいにイメージがぼやけ出すの。おそらくだけど、強力な呪術の影響だと思う。あなたに憑いて周りの人間の首を奪っているその悪霊は、もともと何かしらの呪詛を施されて鎮められていたんじゃないかしら」

鳳正の言っていることは何も確証がなく、どうもぼんやりした内容ばかりだ。

だがそれでも聞けば聞くほど、美彌子は直感的に鳳正は信頼できると感じてもいた。挨拶もしないうちから自分が依頼者と見抜いたことや、自分の腕に刻まれた文字も口にする前からわかっていた。

少なくとも鳳正には、美彌子に視えないモノが視えているに違いない。

そして何よりも真摯に自分の話を聞いて向き合ってくれる鳳正の人柄を、美彌子は信用したいとも思った。

「……鳳正さん、私の周りではもう三人も死んでいるんです」

「えぇ、あなたのメールにも書いてあったわね。あなたが感じている通りよ。間違いなくその三人は、あなたに憑いた霊が憑り殺した犠牲者よ」

誰にも言えず、漠然と自責しながら感じていたことを明確に言われて、美彌子の目が自然と潤んだ。

「お願いします、助けてください……私はもうこれ以上、自分の友達や知り合いに死んで欲しくないんです」

美彌子の心からの声を真剣な表情で受け止め、鳳正が深くうなずく。

「えぇ、心得ました。安心してちょうだい、私はあなたとあなたの周りの人を邪な霊から救うために来たんです。絶対に助けてあげますからね」

3

「やっぱり、この部屋はおかしいわね」

美彌子のアパートの玄関に足を踏み入れるなり、鳳正が発したひと言目はそれだった。

靴を脱いで板張りの台所に立ち、襖(ふすま)を開けたままの古い漆喰壁(しっくいかべ)に囲まれた和室を、鳳正はじっと見つめていた。

部屋を凝視する鳳正の様子に、美彌子はいつぞやの怯(おび)えた氷見の表情を思い出し、肩が自然と縮こまった。

「おかしいというのは、この部屋が事故物件とかそういう類の部屋ということですか?」

おずおずと訊ねる美彌子に対し、鳳正が首を左右に振った。

「いいえ、そういうのとはまるで違うから逆に怖いのよ。この部屋自体に、何か問題があるわけじゃない。土地にまつわる因縁もない。それなのに、あなたが寝泊まりをしているこのアパートはもはや異界となっている――私には、あの和室は地の底にあるものと同じに感じるわ」

薄暗がりに包まれた、美彌子が日々の寝食をしている古い六畳の和室。

照明を点(つ)けているのが台所だけなので和室の奥の闇は多少濃いものの、それでも美彌子の目で見る限り、いつもの自分の部屋のままだった。

「それって、私がこの部屋を引っ越したら解消しますか？」

「無理ね。言ったようにあなたを苦しめている霊はこの土地のものではなく、あなた自身に憑いている霊だもの。この部屋が地の底と通じている一番の理由は、あなたがここに住んでいるからよ。ここまで異界化しているのは、たまたまこの古い和室の部屋と憑いた霊の相性がいいだけのこと。この霊を祓わない限り、どこに住んでもたいして変わらないわ」

　つまりそれは、美彌子は物理的な手段ではあの歪な人影からは逃げられない、という意味だった。

『蛭児』の霊の名が刻まれた左腕を、美彌子は無意識にぐっと握りしめる。

「とにかく今日は探りを入れておきましょう」

「探り、ですか？」

「そう。相手を知り己を知ればなんとやら、って言うでしょ？　この部屋を気に入っているあなたに憑いた霊を間近で霊視して、それでどうするかの対策をしっかり立ててから、入念な準備のもとであらためて除霊の方法を考えるわ」

　それだけ言うと、鳳正は肩にかけたままのバッグから日本酒の小瓶を取り出した。

「美彌子さん、私の側に」

「あ、はい」

美彌子が近くにまで寄ると、鳳正は手にしていた瓶のキャップを回して外す。

「少し部屋を汚しちゃうけど、許してね」

美彌子がうなずくと、鳳正が板の間の上へと円を描くようにして、日本酒を振りまき始めた。合わせて呪文めいたものをつぶやき、床に塩も盛っていく。

一通りの作業を終えたとき、二人は日本酒でできた輪と盛り塩で作られた三角形の中に、肘と肘がぶつかる距離で立っていた。

「悪いけれど、台所の照明を消してくれるかしら」

言われるがまま、美彌子が台所の電灯の紐（ひも）を引いた。カチリという音がして、頭上の傘つきの蛍光灯が消える。

まだ昼間のため、外廊下と面した窓からの光で室内は真っ暗にはならない。

だがそれでも灯り（あか）が消えると同時に、急に部屋の雰囲気が変わったような気がした。

暗くなったせいか妙に音に敏感になる。アパートの周りは住宅街のため、エンジン音や人の声などはほとんどしない。だけどこの建物自体が古いせいで、風が吹くたびに戸や窓の隙間を空気が通り抜け、ヒューという音ばかりが耳に残った。

「それじゃこれから本格的に相手のことを探り始めるけれども、たぶんあなたにも怖いモノが視えると思う。けれども何が視えても、絶対に声を上げないで欲しいの。それからこの結界の中からも決して外に出ないこと。この結界の中にいる限り悪霊からは見えないから、それを肝に銘じておいてちょうだいね」

鳳正の真剣な眼差しを受け、美彌子は圧されるように首を縦に振った。

美彌子の反応に納得した鳳正が、その場にぺたんと腰を降ろした。それから胡座と似ていながらも、左足首から上を右の腿の上へと乗せる、半跏趺坐の形へと足を組む。

肩にかけたままのカバンから水晶らしき数珠を取り出すと、両手の中指に引っかけ軽く擦ってから、あえてパンっと大きな音を立てて自身の胸の前で両手を合わせた。

「オン　アボキャベイ　ロシャノウ　マカボダラ　マニ　ハンドマジンバラ　ハラバリタヤ　ウン！」

会話をしているときよりも一段低い、それでいて歌うように朗々とした声で、鳳正が何かの呪文を唱え始めた。

――その瞬間。

部屋の温度がすぅーと落ちたのを美彌子は肌で感じた。いくら美彌子の部屋が古くて断熱が悪くても、さすがに屋外よりは寒くはない。それなのにまるで冷凍庫のごとく、一気に部屋の温度が下がったのだ。

同時に、美彌子が自分の鼻を手で塞いだ。

（なにこれ…………土の臭い？）

声には出さぬまま、口の中でつぶやいた。

ドアも窓も開けていないのに、美彌子の鼻腔にはいつのまにか土の臭いが充満していた。しかもその臭いは開墾したばかりの畑から漂う、新しい土の香りとはまるで違う。湿った墓地の土地を黴びさせたような、すえた悪臭だった。

自然と酸っぱいものが込み上げてきて、思わずトイレへと足が向いてしまいそうになる美彌子だが、鳳正の「我慢なさいっ!」という一喝で、喉まで来たものを飲み込んだ。

「オン　アボキャベイ　ロシャノウ　マカボダラ　マニ　ハンドマジンバラ　ハラバリタヤウン!」

鳳正が繰り返し呪文を——美彌子はその名を知らない光明真言を唱え続ける。

ひとたび唱えるごとに、黴びた土の臭いが美彌子の鼻の中で濃さを増していく。

だがそんなことに気をとられているうちに、ふと気がつけば、美彌子の目に映る自分の部屋の様相がまるで違うものへと変化していた。

まるで映画でも観せられているような気分だった。もしくはいつのまにか夢でも見ているのかもしれない。

和室の漆喰の壁が白から茶色く変色し、ところどころで剝げ落ちていた。まるで一気に千年もの時間を経過させたような様相だった。そして剝げた部分から覗く下地は石だった。漆喰で固められた和室の周りは、全て石によって囲われていた。

鳳正が言ったように、あの襖より先は異界――光の入る隙間もなく石で囲まれたあの部屋は、確かに地の底であるように美彌子にも視えた。

奥歯がガタガタと鳴ってしまいそうになるのを、美彌子は必死で耐える。

声を上げるなと言われたことを思い出し、せり上がってくる悲鳴を呑み込んだ。

地の底と置き換わった部屋の中央に、いつのまにか箱が置かれていた。

縦に細くて長い、漆の塗られた黒い木の匣。

美彌子は直感する、あれは棺だ。

地の底へと葬られた人のための、お棺だ。

ズリ、ズリッ――と、音が聞こえた。

その音に合わせ、棺の蓋がゆっくりと横へと動いていく。中に納められた死者が、内側から棺の蓋を動かしているのだろう。

風呂の湯がこぼれるかのように、棺の中からドス黒くて粘質な闇が溢れ出してくる。

やがてドンっと音を立てて床の上に蓋が落ち、棺の中からむくりと上半身が持ち上がった。

（あ、あぁぁ………）

美彌子が心の中で呻いた。

棺の中から出て来たのは、あの真っ黒くて歪な人影だった。

途端に、美彌子の左腕が熱を持ったように痛み出した。

ミリミリと肉が勝手に裂け、傷口からまた血が滲み出してくるのが、袖をまくるまでもなくわかった。

『蛭児』——真っ黒い人影を前に、美彌子の脳裏にその名前が浮かんだ。

「オン　アボキャベイ！　ロシャノウ　マカボダラ　マニ！　ハンドマジンバラ　ハラバリタヤ　ウンッッ!!」

額に汗を滲ませながら、鳳正がいっそうの力を込めて光明真言を唱える。

瞬間、美彌子の目に映った黒い人影の闇が、徐々に薄れ出した。瘴気のように人影に纏わりついていた黒い霧のようなものが、すーぅと散り始めたのだ。

——鳳正が、それは千年以上前の霊だと言っていたわけが、今ならうなずけた。

美彌子の目にもはっきりと姿が視えるようになったその霊の服装は、褌という裾が太くて長いズボンを履き、その上には袍と呼ばれる膝まで丈のある深紫色の上着を着ていた。

美彌子はこの装束と似たものをかつて日本史の教科書で見た覚えがある。それは厩戸皇子の装束——一五〇〇年近くも前の、飛鳥時代の装束に酷似していたのだ。

そんな古そうな時代の霊が、棺から外に出てきて木沓を履いた足で室内を闊歩する。

纏った闇が消えた今、その姿をまざまざと目にし、美彌子はこの霊のどこを歪と感じていたのか、ようやく理解した。

理解した今、むしろどうして歪なんて生易しい言葉で自分は認識していたのかと、疑問にすら感じる。

そんなものじゃない、もはや歪とかそういう域じゃない。

飛鳥時代の服装をしたその霊には、首から上が存在していなかった。

悲鳴が出そうになる口を、痛みのない右手でもって美彌子が必死で押さえつける。

袍の襟元からのびた首は半ばまで。アパレルショップの店頭に飾られたマネキンのように、身体から頭だけが欠落をしていたのだ。

おぞましい首無しの霊が、美彌子の部屋の中を闊歩し続ける。

何かを探しているかのように、狭い部屋の中を徘徊している。

声を上げられない美彌子の目から、恐怖が染み出すように涙がポロポロとこぼれた。

鳳正が言うには、自分の腕に刻まれた『蛭児』の文字は、あの首がない霊を示した名前らしい。

そして高野が言うには『蛭児』――ヒルコとは、障害を抱えた神のことなのだそうだ。

首という、人であれば絶対になくてはならない部位を欠損した神――ヒルコとは、そういうことなのだろうか？

小刻みに左右へと身体を揺らしながらヒルコが和室を出て、いよいよ美彌子たちのいる台所の方にまでやってくる。

声だけは出すもんかと、美彌子は奥歯をぐっと嚙みしめた。

鳳正までもが、光明真言を唱えるのをやめて沈黙していた。

がっしりとした男性の体付きのヒルコが、木沓を履いたままの足で美彌子のすぐ隣を通り過ぎる。

心臓が飛び出しそうなほどの緊張の中、やり過ごすために息すらも殺していると――

――ピチョン

美彌子の左腕に刻まれた傷から滲んだ血が指先を伝い、日本酒で作られた輪の外にほんの一滴だけ垂れてしまった。

瞬間、頭なんてないはずのヒルコが、がばりとこちらに振り向いたのがわかった。

そのヒルコの動きに、美彌子は心の中で絶叫を上げて、足下の鳳正へと縋るように目を向ける。

すると――鳳正の上半身が、なぜかゆらりゆらりと揺れていることに気がついた。

まるでメトロノームのように、無言のまま鳳正の身体が左右に揺れている。

そしてこちらを向いたヒルコの身体も、まったく同じサイクルで小さく左右に揺れていた。

あまりの気味の悪さに耐えられず、美彌子が鳳正の肩をギュッとつかむ。

だが鳳正は反応をしない。振り向きもせず、美彌子の手を肩に乗せたままむしろ徐々に振り幅を大きくしながら、左右に身体を揺らし続ける。

尋常ではない鳳正の様子に不安を感じる美彌子だが、その目がある一点に釘付けとなった。

揺れる度に左右に跳ねる長い髪の生え際のさらに下、さっきまでは間違いなくなかった赤い輪のような痣が、鳳正の首筋に浮き出ていた。

それを見てしまったからには、もう冷静でいられようはずもない。

美彌子は鳳正の肩を両手でつかんで、全力で揺すり始める。しかしそれを無視するかのように鳳正の身体はいっそう激しく左右に揺れ続ける。

美彌子が見ている前で、鳳正の首の痣はみるみると赤みと太さを増していく。

「鳳正さんっ⁉」

たまらなくなった美彌子が叫んでしまった瞬間、鳳正の身体の揺れがぴたりと止まった。

——そして。

美彌子と鳳正の目の前に、気がつけばヒルコが立っていた。

顔などないのに。目などないのに。

美彌子は今、ヒルコから凝視されているとわかった。

ほとんどの動きが止まった世界で、自分の鼓動だけが激しく脈を打つ。

引き攣ったままで固まってしまった頬と目尻。

やがて肺だけは酸素を求めて喘ごうとしたところ、

「ワ　ギ　モ　ハ　イ　ヅ　コ　？」


折れんばかりに首を後ろに曲げた鳳正が、抑揚のいっさいない声で口にした。

ギョロギョロと落ち着きなく蠢く目で見上げられ、かろうじて恐怖を抑え込んでいた美彌子の理性がぼきりと折れた。

「いや…………いやぁぁぁあっっっーー!!」

我慢していたぶんだけ、美彌子の喉から一気に悲鳴が噴き出た。

一八〇度に近い状態で首を後ろに向けた鳳正が、音もなくすーっと立ち上がる。

美彌子の目線の高さに鳳正の顔がくる。だがさっきまでは優しげだった口元から涎が垂れ、強い意思が宿っていた目には光や力もなく、その表情はただただ胡乱だった。

「ワギモハイヅコ？」

鳳正の口から再び問いかけられ、美彌子の喉から「ひぃ！」という短い悲鳴が漏れた。

鳳正の向こう側にはヒルコが立っている。

何も言わぬまま——もしくは言えぬまま、その場に立ち美彌子の答えを待ち構えているような、そんな気配を感じた。

ハァハァと息を荒げた美彌子が後退って、日本酒で描かれた円の外へと足が出た。

美彌子に対し、首を後ろ向きにしたままの鳳正が一歩詰め寄ってくる。鳳正の足が、自ら盛った塩を踏み潰した。

首だけ振り向いたままの姿勢で背骨を反らし、正気じゃない顔を鳳正がぐいっと美彌子に近づけた。

「ワギモハ、イヅ——ココココ、コココッココココッッッッッ!?」

まるで混線したラジオのごとく鳳正の声が激しく乱れ、身体も上下左右にと異常なまでにブルブルと震え出す。

「もう、いやっ！　いや、いやぁぁぁあっっ!!」

頭を抱えた美彌子が、鳳正から逃げるように思いきり後ろへと跳び退いた。腰が台所のシンクへとぶつかり、寄りかかった姿勢のまま膝が崩れて、身体全体がズリズリと床に落ちる。

美彌子の両目から滂沱の涙が流れ出した。泣いてもどうしようもないというのに、怖くて恐ろしくて、涙が止まらない。

このままもう何も見たくないと、美彌子はその場で蹲り貝のように縮こまった。完全な現実逃避だが、美彌子にはもうそれが限界だった。

膝を抱えて、ポロポロと涙を床にこぼす。

誰か助けて――情けなくもそんなことを考えじっとしていると、不意に美彌子の部屋の玄関の戸が開く音がした。

続いてバタンと閉まる音も聞こえる。

それは誰かが入ってきたか、もしくは出て行ったかという音であり、美彌子は怖々と顔を上げる。瞑っていた目を勇気を出して開いてみれば、目の前からヒルコの姿がなくなっていた。

ボロボロの漆喰と石に囲まれていたように見えていた部屋も、擦り切れた畳の上に座卓が置かれたままの、いつもの和室へと戻っていた。

そして、鳳正の姿もまた見当たらなかった。

となれば今しがたの玄関の開閉音は、鳳正のものなのだろう。鳳正の姿が見当たらない以上、この部屋を出て行ったのだと思う。

思わずほっとしてしまう美彌子だが、安堵して脱力しかけたところ、なにやらアパートの外が騒がしいことに気がついた。

　ここは住宅街の中のアパートで、たまに地域住民同士が挨拶するぐらいの声しか、外からは聞こえて来ない。しかし今は、ザワザワという喧噪がそう遠くない場所から聞こえていた。喧噪に混じって、女性の悲鳴のような声までも耳に入ってくる。

　不安に駆られた美彌子が、気力を奮わせ立ち上がる。まだ力が入らず笑ってしまっている膝で、なんとかアパートの玄関を開けた。

　外に出れば、すぐそこはアパートの外廊下だ。目の前には隣家の外壁があり、左に曲がれば三部屋ほど離れた先に、一階へと降りる外階段がある。

　見ればその外階段の下、往来と繫がった場所に人だかりができており、誰もが蒼くなった顔で美彌子の方へと目を向けていた。

「えっ？」

　厳密に言えば、その人だかりを形成する人たちが見ているのは美彌子ではない。

　美彌子の足下、一階となる真下の部屋の前に視線が集中していた。

　いったいなんだろう――と、深く考えるよりも前に、美彌子は外廊下の鉄の柵に革の紐が巻き付いていることに気がついた。

　同時に――ギィギィと、自分の足下から何か軋む音がしていることにも気がつく。

「早く救急車を呼んであげてよ！」

「いや……あれはもう、呼ぶのは警察だろ」

雑踏の中のそんな会話を耳にして、美彌子はゾワゾワする悪寒に誘われるまま、柵の根元に巻き付いた革紐の先へと目を向ける。

そこには――鳳正が吊り下がっていた。

革紐の正体は鳳正が提げていたショルダーバックであり、肩紐を利用して垂れ下がった鳳正が、振り子のごとく規則正しく左右に揺れていた。

吊ったときの衝撃でどうやら骨が折れたらしく、鳳正の首は赤い痣を中心に異様なまでに細く長く伸びている。上下が元のままで中心だけが千切れそうなほどに細まった様はまるで砂時計のようだと、美彌子は唖然としながら思った。

身長的には宙に浮くはずの鳳正の爪先は、ろくろ首のようになった姿のために地面と擦れ、揺れるたびに砂を左右に弾いていた。

力を失った美彌子が、その場で腰から崩れ落ちた。

両手をついてもなお重力に負け、身体が潰れてしまいそうだった。

もはや呻くだけの力さえも湧いてこない。

「ワギモハ、イヅコ？」

キィキィと揺れて軋む音に交じり、もうピクリとも動かないはずの鳳正の声が美彌子の耳に届いた。

4

鳳正の死から、何日が経過したのだろうか。

まだ一日ぐらいしか経(た)っていないような感じがするし、もう一週間以上も前の気もする。

しかし実際がどうあれ、日がな一日を台所で膝を抱えて過ごすことに決めた美彌子には、もはやどうでもいいことだった。

美彌子の周りで立て続いた、四件もの死亡事故。

直近の死亡現場が美彌子の部屋のすぐ前ということで、今度の警察の取り調べはそれなりに時間がかかった。だが大勢の通行人の目撃者がいたため、鳳正の死は間違いなく自殺ということになり、美彌子はまたしても無罪放免となった。

でも――本当は無罪なんかじゃない。

自分が悪いのだと、美彌子は何度も警察に訴えた。

四人を殺したのはヒルコだと。自分に憑いた悪霊が、『吾妹(わぎも)』の居場所を尋ねたいがために四人もの首を奪って殺したのだと、そう主張した。

だが当然ながら、警察が取り合ってくれることなどなかった。

それはわかっていたことだ。

わかっていたことなのだが――では、美彌子はどうすればいいのか？

自分と関わった人間は、みんなヒルコに殺されていく。

霊能力者である鳳正ですら勝てなかった。

助けを求めた結果、鳳正までも殺してしまった。

だからもう、自分はこのアパートから外に出ないほうがいい。

この部屋を出て人と関わってしまったら、きっとまた人が死ぬことになる。

胎児のように丸まった姿勢で座り、膝の上に額を乗せながら漠然とそんなことを考えていたら、すえて腐った土の臭いが美彌子の鼻の中に充満し始めた。

「――あぁ、またなのね」

慣れた口調で、美彌子がぽつりとつぶやいた。

和室の漆喰壁がみるみると風化して、床も天井も石造りへと変貌していく。

気がつけば部屋の中央に置かれていた棺の蓋が開き、中から古代の装束を着た首のない男の霊――ヒルコが姿を現した。

最初のときはそれだけで悲鳴を上げそうになった。声を上げるなと鳳正に言われたから、美彌子は必死になってこらえ続けた。

だけど今はもう、麻痺(まひ)してしまった。

ヒルコはこうして、日に何度も現れる。

照明を点けることもなくずっと台所に座っていると、ふと思い出したように自分の棺の中から出てきて、誰かを探すように部屋の中を徘徊するのだ。

やがて台所にいる美彌子に気がつくと、音がないまましゃなりしゃなりという歩きで近づいてきて目の前に立ち、首がないにもかかわらず睥睨してくる。

言葉は何もない——首がないのだから、何も言えようはずがない。

でも美彌子には、ヒルコが何を言いたいのかもうわかりきっていた。

「ワギモハイズコ——って、言いたいんでしょ？」

疲れきった声で、美彌子がそう口にした。

こちらから言っているのに、首のないヒルコからは返事はない。

美彌子がギリリと奥歯を鳴らす。

「ねぇ！　だからその『吾妹』って誰なのよ、どこの誰のことを言っているのよ！」

癇癪を起こした美彌子が、何も答えぬヒルコに怒りの表情で噛みつく。

「そんなんでわかるわけないでしょ！　『吾妹』とだけ言われて、相手の名前すらわからないのに何処にいるのかとか、そんなの探しようがないのよっ！」

——もうイヤだ。

美彌子は、頭がおかしくなりそうだった。

いや……実のところ、既におかしくなっているのかもしれない。変になってしまったから、ヒルコなんてモノが視えるようになってしまったのかもしれない。おかしいからこそ、こんなバカな幻想に煩わされるのだ。

だけど——それでも。

四人もの人間が、ヒルコに殺されてしまった事実は変わらない。

もうこの場所で朽ちてしまいたいと、美彌子は切に願った。

このまいなくなって、消えてしまいたい。

下手に生きているからこそ苦しみ、誰かに助けてもらいたくなってしまうのだ。

そして誰かに縋れば、その人にもまた迷惑をかけてしまう。

だから美彌子は、この部屋を出る気はなかった。

このままここで、自分は死んだらいいのだ。

「……ざまーみろ。あんたのワギモなんて見つからないよ」

美彌子が悪態を吐くも、それでもヒルコは反応しない。

ただただすぐそこにいて、監視するかのように美彌子を見下ろしていた。

——本当にもう、自分は死ぬしかないのかもしれない。

死ねば、このおぞましいヒルコから解放されるのだろうか。

そうであるのなら、莉子のように自ら首を切るのだって決して悪くは——、

「おい、美彌子っ‼」

唐突に名を呼ばれ、美彌子がはっと我に返った。

気がつけば合板のドアを壊しそうな勢いでノックする音が、室内に響き渡っていた。

「いるんだろっ⁉　ここを開けろ、美彌子っ‼」

その声に、美彌子は懐かしさすら覚えた。

今、美彌子のアパートのドアを外から叩いているのは高野だった。

気がつけば、目の前のヒルコが消えていた。まるで夢でも見ていたかのように、美彌子の目に映る部屋の様相も元の古くてボロい和室に戻っている。

ドアノブがガチャガチャと激しく音を立てる。放っておけば、このままドアを叩き割って中に入ってきそうな勢いだった。

「……聖先輩」

立ち上がった美彌子が、玄関の向こう側にいる高野へとつい声をかけてしまう。

同時にドアノブの動きがピタリと止まった。

「――美彌子だな？　ちゃんと生きているな、無事なんだな？」

美彌子の声を聞くなり、焦燥していた高野の声が急にほっとしたものに変わり、美彌子は自分の目尻に熱いものがたまるのを感じていた。

「開けてくれ、美彌子。おまえに話があってここに来た」

部屋の外から聞こえてくる優しげな高野の声を、美彌子は素直に嬉しく感じる。

――だけれども。

「ダメです。私に近づけば聖先輩もヒルコに殺されます。――帰ってください」

高野が一瞬沈黙するも、次の瞬間にはさっき以上の勢いでドアを叩いてきた。

「いいから開けろ、美彌子っ！　一人きりで閉塞的に考えているから、そういうつまらない発想になるんだ。ここを開けて、俺の話を聞け！」

〝つまらない発想〟という高野のひどい言い草が、気力を失っていた美彌子の頭にふっと血を昇らせた。

「詳しい話も聞かずに……なんでそうやって、いつも頭ごなしに否定するんですかっ！　私は聖先輩の身を案じて言っているんです。これだけ続いたら、普通はいやでもわかるでしょ。私に近づいたら、本当にヒルコの呪いがかかって死んでしまうんですよ！」

「うるさい！　呪いも霊も、そんなものこの世にあるわけないだろっ‼」

「だったら首が切れるか折れるかした人たちが、どうしてみんなして『ワギモハイヅコ』って私に訊いてくるのよっ⁉」

――ドンッ！

と、一際強く外からドアが叩かれた。

その音のあまりの大きさに、美彌子はビクリを肩を跳ねさせ口を噤んでしまう。

「……おまえの状況は聞いたよ。ずいぶんと大変だったらしいな。この部屋の前で、首を括った人が出たそうじゃないか。偶然だとは考えがたい気持ちはわかる。でもなみんな事故か自分たちで勝手にやったことだ、おまえのせいじゃない。こんなんでも、俺はおまえのことを心配してここに来たんだ」

美彌子が声を失った。

確かに高野とは考え方がまるで合わない。いうなれば水と油だ。でも高野が本気で自分のことを心配してくれているのだけは間違いないと、美彌子は痛いほどに感じていた。

「ドアを開けてくれ、美彌子。俺はおまえの話を否定するために、ここに来たわけじゃない。むしろその反対だ、俺がこうしておまえを訊ねてきた理由は逆なんだ」

「……逆？」

「そうだ。俺はな、おまえに『ヒルコの吾妹とやらを探しに行こう』と、そういう提案をするためにここに来たんだ」

まったく予想だにもしていなかった高野のその言葉に驚き、

「――どういうことですか？」

気がつけば美彌子は、内側からドアノブを回して玄関を開けてしまっていた。

日の光が久しぶりに美彌子の部屋の中へと入ってくる。

開けた玄関の外には、してやったりという表情の高野が立っていた。

『ワギモ』を探すとか……それ、本気ですか？」

「ああ、少なくても俺は本気だ」

「……そんなの、どうして？」

呆然と問いかける美彌子だったが、高野の顔を見ていたら自分が何日も顔すら洗っていなかったことをふと思い出した。服装も寝間着として使っているジャージのままだ。

急に気恥ずかしくなった美彌子が、赤面しながらドアを閉めようとするも、その動きを察した高野がすかさず隙間に自分の靴を差し込み、ドアが完全に閉まるのを防いだ。

「ちょ、ちょっと外で待ってください！　今、顔を洗ってきますから！」

「構わん、俺は気にしない」

「私が気にするんですよ！」

「それでもダメだ。今ドアを閉めたら、おまえが再び開ける保証がない」

それだけ言うと高野は強引にノブを引いて隙間を作り、そこから身体を滑らせるようにして無理やり玄関の中に侵入してきた。

その動きが氷見が不法侵入してきたときと似ていて、美彌子は僅かに怯える。しかし氷見とは違う高野の真剣な目線に圧され、すぐに冷静に戻った。

「……ちゃんと、眠れているのか？」

高野が発した問いは、美彌子の目元を見つめながらのものだった。

鏡を見なくたってわかっている。たぶんひどい隈があるのだろう。それだけじゃない。きっと髪も乱れていて、肌も荒れていて、とにかくひどい顔つきなのだと思う。だからこそ、美彌子は外で待っていてくれと、高野に言ったというのに。

「……寝られるわけがないじゃないですか」

「寝られなくても、寝ろ。そうじゃないとおまえの身体がまいってしまうぞ」

「無茶を言わないでください。私の周りで、こんなにも立て続けに人が死んだんですよ。それなのに渦中の私だけは生きている。関係なかったみんなが死んで、どうして私は死んでいないのか——目を閉じると、四人の死に様ばかりが頭に浮かんでくるんです」

「さっきも言ったが、四人の死は美彌子の責任じゃない。おまえが気に病む必要はない」

「……またそれを言うんですか？　だったら私だって同じことを言いますが、私はヒルコに呪われているんです。その影響を受けて、私に近づく人はみんな死んでしまう。聖先輩だって、首が折れた氷見先輩が『ワギモハイヅコ』と言ったのを一緒に聞きましたよね？　私に関わるとみんな殺され、ヒルコにそう言わされてしまうんですよ」

声を震わす美彌子に対し、高野がやや気の毒そうに目を瞑った。

「悪いが俺は、氷見が落ちてきたときにそんな声は聞いていない」

「……はぁ？　いや、あんなにはっきりと声がしてたじゃないですか！」

「どう言われたところで、聞こえていないものは聞こえていないんだから仕方がないだろ。

莉子のときにも似たようなことを言ったはずだぞ。肺がなかったり、もしくは気道が潰れた人間は声を発することはできない。――だからその声は、おまえの幻聴だ」

幻聴？　そんなバカな――と美彌子は思う。

美彌子には、あれほどはっきりと聞こえていたのだ。

でも隣にいた高野は聞こえなかったと主張する。

一瞬、高野が嘘をついているのではないかとも美彌子は疑ったが、しかし高野はこんなことで嘘を言うような人間ではない。もし本当に聞こえていたのであれば、高野だったら声が聞こえた事実を認めた上で別の屁理屈をこねるはずだ。

美彌子にしか聞こえない、ヒルコからの問いかけの声。

「……もう、帰ってください」

やはりヒルコのことは高野にはわかってもらえない――諦念にも似た気持ちが、美彌子の胸の内を席巻する。

しかし美彌子の言葉に反し、高野は靴を脱がぬまま玄関口の板間の上にどっかと腰を降ろした。

「そうはいかない、人の話は最後までちゃんと聞け」

「……聖先輩と話すことなんて、何もありません」

「おまえにはなくても、俺にはあるんだ。最初に告げたはずだぞ、俺と一緒にヒルコの

『吾妹』を探しに行こう、と」

「……でも、聖先輩は私が聞いたその声を幻聴だと思っているんですよね」

「幻聴だからこそ、探す意味がある。美彌子が潜在的な意識の底で悩んでいること、きっとそれが心の声となって、おまえの耳に届いているんだ。正直、俺にはそれがどういう理由で発されている言葉なのかまではわからん。おまえの腕に浮かんでいる『蛭児』と読める傷も、自分で傷つけていないというのなら明確な答えは出せない。

だがな、おまえが知り合いの死に際して何度も『ワギモハイヅコ』という声を聞いているのだったら、その声に従ってみる価値はある。少なくとも潜在的な願いを叶えることで、少しでも美彌子の心の負荷が軽くなり気が楽になるのなら、探す意義は大いにある。

不肖ながら俺も手を貸す。だから美彌子が言うところの、ヒルコの『吾妹』とやらを見つけてみようじゃないか」

そして座ったままの高野は、美彌子の目をじっと見上げてきた。

今の話を聞いて、あらためて高野という先輩が不器用な人なのだと、美彌子は実感した。

高野は本気で美彌子のことを心配してくれている。でも心配するための原因が、自分でも納得できていないのだ。いもしないもの、ありもしないもので美彌子がまいっているのを知って、それで自分が納得いくような理由を高野は牽強付会（けんきょうふかい）しているように思えた。

面倒くさい——それが美彌子の高野への評価だ。

でも同時に、高野の面倒くささに好感を抱いている自分がいることにも、美彌子は気がついていた。

本当に厄介で扱いの難しい先輩だと、美彌子は知らぬうちに苦笑する。

――だが。

そんな微妙に複雑な気持ちが、一瞬で吹き飛んだ。

ほんの少しだけ口元を緩ませ、座った高野を見下ろしていた美彌子の目が凍りつく。

美彌子を見上げるために伸ばした高野の首に、一本の赤い痣が浮き出ていたのだ。

「聖先輩、首っ‼」

美彌子がスマホのカメラを起動させ、動揺しながらも高野に差し出す。

美彌子の剣幕に驚きながらもスマホを受け取った高野は、カメラで自分の首を確認してから怪訝(けげん)そうに眉を顰めた。

「なんだ、これは」

あ、あぁ――と、呻きながら美彌子が膝をついた。

それはあの鳳正ですらもまるで歯が立たなかった、ヒルコの呪いの証(あかし)だ。こんな風に周りの人へ呪いを感染させないために、自分はこの部屋に引き籠もっていたのに。

「……どうして」

絶望的な気持ちが嘆きになって口から漏れたとき――美彌子は唐突に、電撃的な閃(ひらめ)きに襲われた。

――――そうか。

今の今まで、ヒルコは自分の身の周りの人間を漠然と選んで殺しているのだと、美彌子はそう思っていた。美彌子の近くにいる者を殺し、死体の口を勝手に拝借して、それで「ワギモハイヅコ?」と一方的に問いかけてきているのだと思っていた。

でもそれなら二人目である莉子は、どうして美彌子が近くにいないときに死んでいたのか。何日も前に自ら首を落として、莉子の元にやってくるかもわからない美彌子をヒルコは待っていたというのか。

呪いとは理不尽なものなのかもしれないが、ヒルコがそんな不効率なことをした理由を美彌子はもっと考えても良かったのだ。そうすればきっと、鳳正の死の際にはそれまでの死者たちの共通点に、気がつけたはずなのだ。

最初は咲花で、次が莉子。それから氷見で、最後が鳳正。

起点は美彌子がヒルコに憑かれたと思われる、まだ歪な黒い人影だったヒルコを奇妙な小山の上で見かけた、祖母の葬儀の後からだと思う。

アパートに帰ってきた翌日、咲花と莉子はお酒を抱えて美彌子の部屋に遊びに来た。

二人が亡くなった三日後、勝手に部屋に入ってきた氷見は美彌子を玄関口で押し倒した。

美彌子を救おうとしてくれた鳳正は、ヒルコを探るため美彌子の部屋を訪れた。

死んだ四人は誰もが、左腕に『蛭児』の文字が刻まれてからの、美彌子が住む部屋の中に立ち入っているのだ。

美彌子の部屋に立ち入った者に、ヒルコの呪いが降りかかっている。

「不思議だな。どこかに首をぶつけたり、引っ掻いたりした記憶はないし、何かが巻きついたり、ましてや首を絞められた覚えもない。それなのにぐるりと一周――綺麗な輪の形に痣になっている。本当に、なんだこれは」

冷静な口調ながらも、高野がしきりに疑問を口にする。何かしらの理屈をつけたいのだろうが、どう考えたところで成立するはずがない。

なぜなら、それは物言えぬヒルコからの宣言だからだ。

ここの赤い部分からもぎ取ってやるぞ、と。もしくはへし折るか、または千切れるほどに引き延ばしてやる、という予告だ。

――『ワギモハイヅコ』

身体と生き別れとなった高野の首が、美彌子に訊ねてくる――その様を想像してしまった美彌子の鼻腔に、あのすえた土の臭いが漂い始めた。

すーっと室内の温度が下がり始めて、肌にまとわりつく空気が急に湿り気を帯びる。

また――ヒルコが現れる。

『吾妹』の居場所を訊ねるため、地の底から棺を開けてヒルコが首を奪いにやってくる。

「ダメっ!!」

ヒルコの気配を感じた美彌子が、座ったままの高野の手をとって部屋を飛び出した。

「お、おい！　どうした、急に」

いきなり部屋の外に連れ出された高野が、戸惑いながらも美彌子に問う。

「首に浮かんだその赤い痣は、ヒルコに首を狙われている証なんです。死んだ咲花や氷見先輩たちにも、同じ痣があったんです。聖先輩は、もうヒルコに呪われてしまったんですよっ！」

涙目になっている美彌子の剣幕に圧される高野だが、すぐに常の冷静さを取りもどし真面目な顔で答えた。

「何度も言っているだろ。呪いとか霊なんてものは実際には存在しない。だから俺は他の連中と違って絶対に死んだりなんてしない。とにかく落ち着け、美彌子」

高野が優しげな微笑を浮かべた。

その笑みが、美彌子を安心させようという高野なりの思い遣りなのがわかるだけに、美彌子は余計に辛かった。

「……信じてくださいよ、聖先輩」

なんとはなしに高野がもたれかかった外廊下の手すりは、まさに鳳正が首を吊ったその場所だった。

鳳正のときはヒルコに対峙していたせいもあってか、痣が浮かぶなりみるみると赤く太くなって、首を吊ってしまった。

咲花と莉子は三日で首が千切れ、氷見は四日目でへし折れた。

ヒルコの呪いに対して高野の首がどれぐらいもつのかは、美彌子にはわからない。

でもこれまでの例に倣えば、数日のうちには確実に高野も死ぬだろう。

そんなのは——ダメだ。

自分を心配して訪ねてきてくれた高野まで、自分のせいで死なせるわけには絶対にいかない。

(……どうしたらいいの？　どうしたら聖先輩を助けられる？)

事態をまるで理解していない高野を前に、美彌子が必死に自問をする。

実のところ——美彌子には、一つだけ思い当たる方法があった。

それは鳳正からは止められていた手段だ。応じたら相手の思う壺と、そう言われた手立てだ。

けれども、今はもうそれしか手がない。

それ以外に高野が助かる道が——ヒルコの呪いから高野を逃れさせる方法が、美彌子には思いつかなかった。

「聖先輩、さっき私に話してくれたことは本当ですね？」

「……それは、俺が死なないという話か？」

「違います。いや、正確には違いませんけど……でもそっちではなくて『吾妹』を探そうという話の方です」

「あぁ、それならもちろんだ。それで潜在的に美彌子を悩ませている思いが少しでも晴れるなら、俺はいくらでも協力する」

「だったら必ず見つけましょう、ヒルコが探している『吾妹』を。『吾妹』の居場所を見つけて、ここにいるぞと言ってやりましょう！」

高野の呪いを解くために、美彌子はヒルコの思惑に乗る決意をした。

第三章　ヒルメ

1

「大前提だからしっかり確認しておくが、美彌子が知りたいのは〝『蛭児』の『吾妹』の居場所〟で、いいんだな？」

新幹線の網棚に荷物を乗せ、高野が通路寄りの席に座るなり、既に窓際の席に座っていた美彌子へと訊ねた。

「そうです。ヒルコが私に投げかけてくる言葉は『吾妹何処？』です」

美彌子が神妙な面持ちでうなずくと、軽妙なメロディが車内に流れ、新幹線が東京駅から滑るように発車した。

背もたれに体を預けた高野が、顎に手を添えて「ふむ」と唸った。

――高野が美彌子の部屋を訊ねてきた昨日から、一晩を経た翌朝。

高野の首に浮かんでしまった赤い痣は、明らかに昨日よりも太くなっていた。昨日『吾妹』を探しにいくため新幹線のチケットをとると高野が言ったとき、少しでも早くと始発にしてもらって良かったと、美彌子は切に思う。

とにかく今は、一秒でも時間を無駄にしたくはない。

「しかしなぜ、よりにもよってヒルコの『吾妹』なんだかなぁ。これがスサノオやオオクニヌシだったら、『吾妹』の当たりをつけるのは簡単なんだが」

困ったように頭を掻いてぼやく高野だが、むしろそれを聞きたいのは美彌子の方だった。

「とにかく少し情報を整理するか」

「整理、ですか？」

「そうだ。俺が知っているヒルコとは何かを説明してみるから、美彌子はそれを聞いて思うことや感じることがあれば率直に答えて欲しい。なにしろこれは、おまえの潜在的な不安からきている問題だからな。正解はおまえの心の中にあるはずだ」

美彌子はつい苦笑してしまう。

美彌子にとってそれは見当違いもいいところなのだが、ヒルコの『吾妹』を見つけ出すという目的さえ一緒なら、細かいことに目くじらを立てるのはやめようと思った。

「まず、ヒルコとは記紀に記された天津神だ。『古事記』では国産みを終えた後のイザナギとイザナミの長子とされ、『日本書紀』では三番目の子として生まれたと記されている。

言うまでもないが『古事記』が現存する日本最古の書で、『日本書紀』がその次だ。

同等の時代の古書で、他にヒルコが記載された書はない。例外的に、古書ではあっても成立年代がよくわかっていない『先代旧事本紀』がヒルコについて記載しているが、『古事記』と『日本書紀』からの転用と思われるので特に考えないことにする。

ちなみにヒルコは『古事記』では『水蛭子』で、日本書紀では『蛭児』と書かれている」

前の座席の背面についたテーブルを降ろし、高野がメモ用紙に『水蛭子』と『蛭児』という両方の字を書いた。

美彌子の腕に刻まれているのは『蛭児』の字だ。つまり『日本書紀』で用いられている字と同じということになる。そこに何か意味があるのかどうなのかはわからないが。

どうでもいいことだが、こんなときでも講義じみたご丁寧な説明の仕方に、美彌子は高野の生真面目な性格を感じて、呆れながらもくすりと小さく笑ってしまった。

「とりあえず記紀での多少の違いや、『日本書紀』内に記された異説にいくらか相違はあるものの、しかしどれもこれも必ず特徴として共通するのは、ヒルコは体に大きな障害を持った神であり、そしてそれが原因で親神であるイザナギ・イザナミの手によって、舟に乗せられて海に棄てられているということだ」

ヒルコは先天的な異常を持って生まれた神——それはネットで検索すると、確かにすぐ出てくる情報だった。

古代の文献である記紀にケチをつけてもしかたがないが、冷静に考えるとあらためてセンセーショナルな話だと美彌子は思う。障害を持った子だったから、要らないので海に流して棄てた――とか、美彌子の感性からすればあまりに信じられない話だし、現代であれば普通にニュースとして報道される事案だ。

「ヒルコが先天的異常を持っていた神、というのはわかりました。でもそれなら、その異常っていうのは具体的にはどういうことなんでしょうか？　……私に視えるヒルコの特徴は、はっきり言えば首がないんですが」

美彌子が口にした「視える」という単語に、高野が不快そうに眉を顰めた。

とはいえ、視えているものは視えているのだから仕方がない、と美彌子は開き直る。

美彌子に視えるヒルコは首が欠落している。だが首がないことは、普通は異常とは言わない。異常とか障害があるという以前に、人として生存条件を満たしていないからだ。そこが何か妙にひっかかるところでもあるのだ。

「『日本書紀』ではヒルコは三年経っても足が立たなかったと明確に書かれているが、古事記には具体的な障害の詳細は書かれていない。しかしながら古代において名は今以上に存在と密接に絡むものだからな。『日本書紀』の足が立たなかったという記載からも、ヒルコはまさに『蛭』みたいな姿だったのではないかという説はある」

蛭のような姿の神――だから『蛭児』。

確かに蛭には手足どころか明確な頭もない。でもそれだけで、あれをヒルコなんて名前で呼ぶだろうか。

「それでな、困ってしまうのはこれで記紀におけるヒルコの記載は終わりということだ」

「終わり？」

「そうだ。イザナギとイザナミによって海に流し棄てられてから、ヒルコはもう記紀には登場しない。特に『古事記』では、生まれたら即座に葦舟(あしぶね)に乗せて棄てられている。つまりヒルコは、誰ともまっとうに関係を持つことなく正史の表舞台から消えているんだ。そしてそれは『吾妹』と呼ぶべきほど親しい間柄となる女性が、記紀からではまるで読み取れないということでもある」

「いや待ってください。誰とも関係していなくて『吾妹』に当たる女性が読み取れないとか、それは一人もですか？」

「強いていうのなら、ヒルコを産んだ母神であるイザナミなら『吾妹』と称するのもわからなくはないな。だが『吾妹』がイザナミのことであれば、どうして生まれてすぐに棄てられたヒルコは母神だけを探し、同じ親である父神は探さないのか、という疑問も残る。

子が母性を求めるのは必然だとか、女系が古代の習わしだからなんて言われたら、それはそれで別に否定をする気はないが——ヒルコが探している『吾妹』とやらは、『伊弉冉尊(いざなみのみこと)』でいいのか？」

急に正誤を問いかけられ、美彌子が面食らう。

だが驚きつつも、答えに悩むことはなかった。

はっきり言って〝違う〟と思う。

これは直感だが、すこぶる見当違いな考えかたをしている気がする。

確かに文献上では、登場から退場までにヒルコが関わった身内の女性は、母親しかいないのかもしれない。

でも『吾妹何処？』と美彌子に問いかけてくるのは、文献の中の存在ではなくて飛鳥時代の装束を纏った、あの首のない霊だ。

美彌子の左腕に浮かんだ『蛭児』の文字は、美彌子の味方の霊が首のないあの霊の名を教えてくれているのだと、鳳正は確かに言っていた。

でも同時にこうも言っていた。『蛭児』というのは本名ではない、あの霊は『蛭児』と呼ばれて然るべき存在だと思う、とも。

美彌子だって文学部のはしくれだ。『古事記』の成立年が七一二年、『日本書紀』が七二〇年ということくらいはさすがに覚えている。

そうなるとおおむね時代が合致するのだ。ちょうど『古事記』『日本書紀』が書かれた時代に、飛鳥時代の装束を着たあの霊は、本当に生きていたのではないのだろうか。

記紀に記された神と実在していたように思える人の霊とでは、微妙にピントがズレているようにも思えるが、同時に無関係とも決して思えない。ヒントはきっとそこにある。『吾妹』を探させようと人の首を奪うあの霊を満足させてやるには、今はただ『蛭児』という名から細い糸を手繰っていくしか手がなかった。

「正直に言って根拠はありませんが、それでも『伊弉冉尊』が『吾妹』というのは違う気がします」

理由のない美彌子の回答だが、高野は深々とうなずいた。

「いや、根拠なんてなくていい。何度も言っているように、これは美彌子の気持ちの問題だからな。美彌子が納得できる『吾妹』の正体を探しているんだ。だからしっくりこなければ、ストレートにそう言ってもらえたほうがありがたい」

あっさりとした高野の返答に、美彌子は拍子抜けた。理由もなく否定すれば、少しぐらいは責められるものと思っていたのだが。

美彌子が『吾妹』を探す理由は高野のためだ。でも高野のために『吾妹』を探す美彌子を、ヒルコの存在を信じてはいなくても、高野は必死にサポートしてくれようとしている。なんというか、高野は本当にブレない。

「よし、だったら途中下車するぞ。新大阪で降りる」

——そういえば。

待ち合わせだった東京駅に着くなりバタバタと新幹線に乗ったため、まだはっきりした行き先を聞いていなかったことを、美彌子は思い出した。

たった今新大阪へと決まったようだが、美彌子は高野から渡されたチケットを取り出し念のために元の行き先を確認して、思わずギョッとしてしまった。

そのチケットは岡山行きと書かれていた。

「……聖(ひじり)先輩、私が違うと言わなかったらどこまで行くつもりだったんですか？」

「もしヒルコの『吾妹』が『伊弉冉尊』で正解だと美彌子が言ったときには、そのまま岡山まで行って、そこから北上して島根に入るつもりだった」

「……はぁ」

「島根にはイザナミの墓所という場所がある。他にも猪目(いのめ)洞窟(どうくつ)という、イザナギがイザナミをこの世に連れ戻すため入った、黄泉(よみ)と通じるという伝説のある洞窟もある。『何処にいるのか？』と問われているのだろう？　だからその洞窟の前で『吾妹とやらはこの先だ』と、教えてやるつもりだったんだ。だがイザナミが『吾妹』でないのなら話は別だ。新大阪で降りたら兵庫の西宮(にしのみや)市に行くぞ」

「西宮市って、そこには何があるんですか？」

「記紀に記されている唯一の『吾妹』候補がダメだったんだ。そうしたら記紀には書かれていない、ヒルコの〝その後〟を追うしかあるまい。摂津国(せっつ)——つまり兵庫県は海に流され棄てられたヒルコが漂着をした、日本で最も蛭児信仰の厚い土地だ」

2

記紀では棄てられたきり記述がないヒルコだが、それからどうなったかということを記した逸話が『源平盛衰記』にはあるらしい。

「イザナギとイザナミによって海に流されたヒルコは、その後に摂津国――つまり今でいうところの兵庫県に漂着し、海を領する神になったと『源平盛衰記』には記載されているんだ。実際現地の伝説では、神戸の南にある和田岬へと漂着したヒルコは漁師に拾われ、ここより西により良い宮地があると神託を出して自身を運ばせたとされている。

その場所が現在の兵庫県西宮市にあるヒルコを祀る神社の総本社、西宮神社だ。西宮神社の第一殿の祭神はヒルコなんだよ」

高野の話によれば、なんでもヒルコを祭神として祀っている神社は全国で実に六〇〇社以上あるという。意外なほどの数の多さに美彌子は率直に驚いた。

「とにかく『吾妹』がどこの誰なのかを特定するには、まず『吾』であるヒルコのことを知り、該当しそうな相手を炙り出さなければ話にならない。今から向かう西宮神社はヒルコ信仰の中心地だ。現地で調べれば俺も知らないヒルコの異伝や異説も出てくるかもしれないし、新たにヒルコの『吾妹』と呼べる存在が浮き彫りになる可能性も十分にある。仮に西宮神社がダメでも、兵庫にはヒルコを祀った社はいくらでもある。ヒルコのことを調べるにはうってつけの土地だ」

新大阪駅で新幹線を降り、その足で乗り換えたＪＲ尼崎線の車内にて、高野は鼻息荒く美彌子にそう語った。

確かに筋は通っている。正しい考えで正統な発想だろうと、美彌子も感じる。

しかし……本当にそれでいいの？　そんな疑問が、どうしても拭えなかった。

高野のやり方は地道に足で探す方法だ。見当がついていないから、ヒントが得られそうな場所を巡って情報を集める。そういう手段だ。

平時であればそれも悪くないと、美彌子も思ったはずだ。むしろちょっとした観光気分で、〝ヒルコのルーツを探る旅〟は楽しみにすらなっていたかもしれない。

でも今は、何をおいても時間がない。

ヒルコを祀る神社をどうやって巡るかというプランを語る高野の首へと、自然と美彌子の目は向いてしまう。

高野の首の痣が、いよいよ毒々しいまでに赤みがかってきていた。あれで痛くないらしいのだから、どう考えてもただの痣のはずがない。

新大阪駅から尼崎線で揺られること約一五分。

到着したＪＲ西宮駅は、美彌子が思っていたよりも小さな駅だった。

一つきりの改札口を抜けて、北口方面の階段を昇り地上へと出る。最初は小さな駅だと思ったが、それでも大阪と神戸をつなぐ巨大な商業圏の一角だ。駅から出ればバスターミナルを挟む形で左右に商業ビルが建ち、一階にはチェーンの飲食店やコンビニが入っていた。のんびり観光であればここらで地図でも見て行き先を思案するところだが、高野と美彌子はまっすぐタクシー乗り場に向かって一台捕まえるなり、運転手に「西宮神社へ」と行き先を告げた。

駅から車で一〇分、ようやく到着した西宮神社はヒルコ信仰の総本社というだけあり、さすがに大きな神社だった。

タクシーを降りると、道沿いに立つ石の鳥居が二人を出迎える。その奥には重要文化財にもなっているらしい立派な赤い門があって、そこを潜れば西宮神社の境内のようだった。

ちなみに今しがたタクシーで通ってきた、西宮神社と面したこの幹線道路は『えべっさん筋』という名前らしい。不思議な響きが妙に気になって美彌子が標識を見ていると、背後から高野が説明をしてくれた。

「『えべっさん』とはエビス様のことだ。『筋』とはこの辺りの呼び方で、南北へと走る道のことを指している。つまり全国的にもわかる表現に無理やり直せば、さしずめ『エビス通り』というところだな」

「エビスって、七福神のあの『恵比寿』様のことですか？」

「そうだ、そのエビスだ。豊漁、商業の神とされているエビスは都内の地名にもあるように『恵比寿』と書くが、同時に『蛭児』とも書く」

高野がスマホのメモ機能を使って、美彌子に『蛭児(えびす)』の字を示した。

美彌子の目が見開く。つまり美彌子の腕に刻まれた傷はヒルコだけではなく、エビスとも読むことができるということになる。

「俺も一次資料はあたれていないんだが『古今和歌集序　聞書三流抄(ききがきさんりゅうしょう)』にはな、海に流されて棄てられたヒルコは龍神に拾われて海中で育てられ、その後にこの西宮の地に領せられて『夷三郎(えびすさぶろう)』と名乗るようになったと、そんなエピソードが載っているらしい。要はヒルコとエビスは同体と考えられているんだ」

障害を持った神だと聞いていたヒルコと、鯛(たい)を小脇に抱えた縁起物とされるエビス様が同じ存在だと聞き、美彌子はどう思えばいいのか困ってしまった。

鳳正はヒルコは仮の名前だというようなことを言っていた。だとしたら仮の名でなく、その本当の名というのがエビスなのだろうか？

わからない。わからないから、美彌子にはその可能性を否定できなかった。

「とにかくだ、この西宮神社で美彌子の心にひっかかっているヒルコの『吾妹』という存在が見つかれば、それに越したことはないんだがな」

「えぇ……その通りです。見つかってもらわないと困ります」

気がつけば渋面を浮かべていた美彌子に、高野が困ったように肩を竦めた。

こんな態度をとってしまっているが——美彌子は、高野に本当に感謝をしていた。ヒルコの『吾妹』を探すためにここまで調べて考えてくれた。美彌子だけならたぶん何をしていいかもわからず、ただ自分のアパートの部屋の中で嘆くだけだったと思う。

しかも高野の動機は、ただの親切でしかないのだ。友人、知人の連続死に際して不安定になっていると思われる美彌子の気持ちを晴らすために、美彌子が聞こえると主張している『ワギモハイヅコ』という問いへの回答を導こうとしてくれている。

高野のことだ。いくらかは学者肌を刺激されての興味本位もあるだろうが、それでも交通費も時間もかけ、都内から西日本にまで一緒に出向いてくれていることには、頭が下がる気持ちしかなかった。

でも同時に、美彌子の心中にはモヤモヤした気持ちがあるのも事実だった。

高野からすれば美彌子を元気づけるのが目的かもしれないが、しかしこれは人の生き死にがかかった問題なのだ。それも美彌子自身ではなく、高野本人の命がかかった問題だ。時間はないし、間違いも許されない。

霊をいっさい信じない堅物さがもどかしいときもあるが、高野だけはなんとしたって助ける。——美彌子はあらためて自身にそう言い聞かせ、高野と西宮神社の境内へと立ち入った。

赤門を潜った先は、神社特有の清廉で静謐な空気が満ちていた。広い境内には玉砂利が敷き詰められていて、案配良く松の木が植えられている。

清々しい雰囲気の参道を歩き、途中で二つほど石の鳥居を潜って、それで辿り着いたのは緑の屋根と赤い柱がどこか和風の宮殿を彷彿とさせる、豪奢な本殿だった。

なんでもこの正面の拝殿の奥には、三つの社殿が並んでいるらしい。

その第一の社殿に祀られているのが『えびす大神』——すなわち『蛭児大神』。

まずは「儀式みたいなものだからな」と言う高野に倣って二礼二拍手し、二人で『えびす大神』へと手を合わせる。

（……どうか聖先輩の首だけは奪わないでください）

そんなことを心中で願った美彌子だが、やはり何とも言えない違和感があった。

暗い地の底に置かれた棺の蓋を自ら開けて起き上がる、首がないヒルコ——あんなものが、本当にこんな立派な社に祀られている存在なのか？

参拝を終えると、高野は神社の由緒書きの立て看板の前へ移動する。しかし由緒書きの内容は、平安末期から続く神社自体の歴史が主に書かれているだけで、今の美彌子たちにはあまり有益とは思えなかった。

次に二人は境内の中を練り歩いてみる。大きな神社にはよくある末社が境内には無数に点在していて、末社を見つけるたびに高野は社に記された祭神の名前をチェックしていくが、どれもピンと来ていないのか首を傾げてばかりいる。

本殿前の池の周りも散策をする。そこで美彌子が気になったのは池の畔に置かれた魚の石像だった。魚の像なんて珍しい、と思って驚いたが、その魚の種類が鯛だとわかるとすぐにピンときた。

美彌子の家に飲みに来るときに咲花が好んで買ってきていた、ちょっと高級なビール。あの銘柄の缶に印刷されたエビス様が小脇に抱えているのが、鯛だった。

つまりこの社で祀られているのは、やっぱりエビス様なのだ。ここでの『蛭児』はヒルコではなく、エビス様という商売の神様のことなのだと思う。

社務所内にあった資料展示室を見て、美彌子のその思いは確信にいたった。

展示室に並べられたのは、古今東西のエビス様だった。頭には烏帽子をかぶり、右手には釣り竿を、左手には鯛、そしてふくよかな身体に髭をたくわえた柔和な顔。そんな似姿が、展示室のガラスケースの中にはずらりと並んでいた。

えびす廻し——なんでもかつてこの地にいた傀儡師たちが、エビス様の人形を操りご神徳を説いて巡業したのが、西宮の地を中心としたエビス信仰を各地に広めることに大きく貢献したのだ、とか。

——飛鳥時代の装束を纏った首のないヒルコの姿など、この社には影も形もなかった。

「……聖先輩、ここは違うと思います」

資料展示室を出るなり、美彌子がぼそりとつぶやいた。

「……そうかぁ」

「申し訳ないんですが、私の感じているヒルコはエビスとは別物です」

きっぱりとした美彌子の物言いに、高野は「う～ん」と悩ましげに唸ってから、池のほとりのベンチに腰掛けた。美彌子も高野の隣へと腰を降ろす。

「ヒルコは西宮の地で祀られている、と記した『源平盛衰記』の成立がおおよそ一二〇〇年頃。対して『古事記』も『日本書紀』も七〇〇年代の初期だ。両者の間には五〇〇年もの開きがある。ヒルコはヒルコでも、西宮神社におけるヒルコというのは平安期に興ったエビス信仰と習合した『蛭児』なことは、確かに間違いない」

五〇〇年という長さに、美彌子の目が丸くなった。

「漁師たちの言葉で、今でも海からの漂着物を『エビス』と呼ぶ。エビスとは、海の向こうからやってくる存在を指す言葉でもあるんだ。では海からやってくる以前のエビスは、はたしてどこから来たのか——そう考えたとき海に流されて消えたヒルコと、浄土とも通じる海の果てからやってくるエビスが繋がるのは、必然だったのだろうな」

現代から逆算すれば、五〇〇年前は江戸時代より以前となる。それだけの時間を経ていれば、確かに違った神様同士が混ざり合ったとしても、容易にうなずけた。

「まあ、気を落とすな。逆にヒルコとエビスが違うとはっきりわかっただけでも、大きな収穫だ。他にもアプローチする手段はたぶんあるし、ヒルコの正体さえわかれば『吾妹』の居場所だってすぐに見当がつくさ」

——でも、それでは遅いのだ。

「少し疲れたか？　待ってろ、お茶でも買ってきてやる」

気がつけば自然と首がうな垂れていた美彌子を見かね、高野がベンチを立った。

美彌子は慌てて「大丈夫です」と言うも、高野は背中を見せながら手を振り、そのまま境内の茶屋の方へと歩いていく。

高野の後を追おうかと美彌子も腰を上げたが、すぐに思い直してベンチに座り直した。独りになった途端、気の緩んだ美彌子の口から大きなため息がこぼれた。

美彌子だってもうわかっている。ヒルコにまつわる資料というのは極めて少ない。美彌子も昨夜に該当部分を流して読んでみたが、そもそも『古事記』『日本書紀』でヒルコが出てくる箇所は数行にも満たないのだ。

だが習合されたエビスが美彌子に憑いたヒルコと別物だと感じたからには、それでもなお原典のヒルコを追うしかない。

ではどうしたらいい？　何をすればいい？

知識も見識もない美彌子は、そこを高野任せにせざるえないのが歯がゆかった。

膝の上で手を組み、そんなことを考えながら地面を見つめていたら、美彌子のすぐ横でズジャと玉砂利を踏みしめる音がした。

「早かったですね、聖先輩」

そう言って面を上げようとした瞬間——美彌子の視界の端に映ったのは、土にまみれて薄汚れた木沓だった。

美彌子が、はっと息を呑む。

ここは神社だ。ただの街中と違って、神職の正装である木沓を履いた人がいても別におかしなことはない。

けれどもいきなり美彌子の鼻腔に充満した、この腐ってすえた土の臭いは異常だ。

美彌子の身体が硬直する。

上げようと思っていた顔が、途中で止まった。

昼日中の西宮神社の境内で、美彌子の隣に今立っているのは——ヒルコだった。

奥歯がガタガタと鳴り、左腕の内側がチクリチクリと痛み始める。

——疾く、見つけよ。

ヒルコから、そんな風に言われている気がした。

目なんて首ごとないのに、それでも美彌子をじっと睨みつけているのがわかった。

鳩尾の辺りがキュッとすぼまり、美彌子の心臓が激しくバクバクと脈打ち出す。

——疾く見つけねば、あの男の首も奪おうぞ。

——首を千切り、いつまでもまごまごしている貴様にまた問おうぞ。

そんな無言の意思をヒルコから感じたとき、

「美彌子」

うつむいた頭の上から降ってきた高野の声で、美彌子は反射的に顔を上げた。

そこにいたのは、両手にお茶のペットボトルを持った高野だった。

「すまん、遅くなったな。境内の外まで行かないと自販機がなかったんだ」

高野が再び隣に腰を降ろすが、美彌子は辺りをキョロキョロと見渡す。

既に鼻の中の土の臭いは消えていた。さっきまで確かにすぐ近くにいたであろうはずのヒルコの姿は、もうどこにも見えなくなっていた。

「……何かあったか？　さっきより顔色が悪いぞ」

美彌子は荒くなっていた息を意識的に整え、汗が滲んでいた手を握って隠す。

「いえ……なんでもありません。気のせいですから」

血の気が失せた蒼白な顔で美彌子が作り笑いを浮かべると、高野が少しだけ辛そうに片眉を上げた。

「なぁ、美彌子。今歩きながら考えてきたんだが、これから伊豆にまで戻ってみる、というのはどうだ？」

「伊豆、ですか？」

「そうだ、伊豆には三嶋大社がある。三嶋大社に祀られたのは事代主だ。そして事代主は『蛭児』と同体とされる神だ。もしヒルコの正体が事代主であれば、その配偶者ははっきりしているので『吾妹』を特定するのも簡単だと思う」

ややや熱を持って語る高野だが、美彌子は差し出されたペットボトルを手にしながら静かに首を横に振った。

「違います。探すべきはエビスと同体の存在ではなく、あくまでもヒルコの『吾妹』なんです」

「……そうか」

思いついた案を却下され少し気落ちしながら、高野がペットボトルの蓋を捻った。ギリリとプラスチックの裂ける音がして、高野の手の中でペットボトルの本体と蓋が生き別れになった。

それはまるで高野の未来を暗示しているかのようでもあり、美彌子はなんともたまらない不安な気持ちに包まれた。

3

その後、特に新しいアイデアも出なかったため美彌子と高野の二人は、この地域にあるヒルコを祀った他の神社を巡ってみることにした。

神戸市の南にある、ヒルコが漂着した地とされる『和田岬神社』。

恋愛成就で有名な神戸市街の『生田神社』内にある『蛭子神社』。

そして「兵庫のえっべさん」として地域で名前を知られた『柳原蛭子神社』。

そのどこもかしこもがヒルコを祀った神社だ。

中には副祭神や末社に女性の神が祀られているところもあり、『吾妹』の候補として高野が祭神の名前を告げてきたが、美彌子はどれもこれもまるでピンとこなかった。

というか、完全にズレている。言っているように、探るべくはエビス信仰とつながったヒルコではないのだ。美彌子は当たりの入っていない籤を引かされているような気分だった。

幾つもの社を巡っていくうちに、美彌子は足が痛くなった。心配した高野が、夕方前にレンタカーを借りたが、手続きをしている間に日が暮れてしまった。

日が暮れたら神社の門も閉まって、ヒルコを祀る神社巡りも手詰まりとなった。

「とりあえず、今夜の宿を探すか」

高野がそうつぶやいたときには、時刻はもう夜の八時を回っていた。

今、美彌子たちがいるのは神戸市だ。この時間だったら、まだギリギリ新幹線で都内に帰ることもできるが、美彌子も高野もそんな気力は残っていなかった。

「今夜はこの辺りに泊まって休み、明日に備えた方がいい」

高野はそう言うが、はたして明日まで高野の首はもつのだろうか。

咲花と莉子は美彌子の部屋に入ってから死ぬまで三日だった。氷見は四日だったが、鳳正はその日のうちだった。

高野は今日で二日目となる。四人の平均日数で考えたら、今夜にでもヒルコに首を奪われたって何ら不思議はない。

「そんな顔をするな。一晩寝て頭がすっきりすれば、明日にはまた別の考えが浮かぶはずだ」

その明日が高野に来ないかもしれないことが問題なのだが、目的地もなくこのままただ車を走らせていたところで何も得るものがないのも明白だった。

やむなく美彌子も宿をとることに同意して一緒に探すが、これが非常に難儀した。

神戸駅周辺のホテルで探しても、どこもかしこも満室。奇しくも明日は付近の大学の受験日がいくつも重なっていたようで、それでどうにも空きがないらしい。

ネットで検索して大小問わず宿に電話をかけ続け、それで市街地からだいぶ離れた旅館にやっと空きを見つけ、なんとかチェックインできたときには一〇時近くになっていた。

仲居さんに案内された部屋は、かなり古い部屋だった。普段は使っていない離れの部屋らしく、ちょっと黴臭い上に壁も白味がくすんだ古い漆喰だった。照明も未だに蛍光灯で、なんとなく薄気味悪い。

でも問題はそこではない。

問題なのは、空いていたのが一部屋だけで、高野との相部屋ということだった。

廊下と繋がったドアがガチャリと開き、コンビニのビニール袋を手にした高野が襖を開けて部屋に入ってきた。

「おい、買ってきたぞ」

なにしろ飛び込みで用意してもらった部屋だ。夜も遅い時間に旅館側も料理の用意などできるわけもなく、近くのコンビニにまで二人分の夕飯を買いに出ていた高野が戻ってきたところだった。

畳の上のテーブルの上に、高野が大量のおにぎりやらサンドイッチを並べる。

「遅いせいで弁当がなかったがな、とりあえずこっちに来ておまえも食え」

と、二間あるうちの奥の部屋に引きこもった美彌子に、高野が呼びかけた。

四枚ある襖のうち一枚だけを開けた部屋の中で、体育座りをして膝の上に額を乗せていた美彌子が、むくりと面を上げた。旅館に入ったのに着替えもせず、服装は昼間のままだ。

「……私はいりません」

「そう言うな、せっかく買ってきたんだ」

美彌子に動こうとする気配がないとみるや、高野がテーブルの上のおにぎりを幾つか手にして、奥の間の方へと近づく。

それに気がついた美彌子が、悲鳴のような声を上げた。

「だ、ダメですっ！　聖先輩は絶対にこっちの部屋に入らないでください！」

高野がピタリと足を止め、それから少しだけ悲しそうに失笑した。

「あぁ、そっちの部屋には入らんから安心しろ。……というか、俺はそんなに信用がないか？　なんだったらトイレで寝てやったってかまわんぞ」

奥の間にこもった美彌子でも手が届く範囲におにぎりを置いた高野が、再びテーブルの傍らに戻って腰を落とした。高野が手にとったサンドイッチの包装を破いて頰張ると、古めかしい電気ポットで沸かした湯で煎れたお茶で喉の奥へと流し込む。

「……そんなんじゃありませんよ」

氷見のように高野が襲ってくるんじゃないかと、美彌子はそんなことを心配しているわけではない。むしろその点については、高野は誰よりも安心できるような気がしていた。

だから問題は、ここが部屋だということだった。

しかも古い和室だけあって、どことなく美彌子のアパートと雰囲気も似ている。

ヒルコの呪いの発動条件は、美彌子の部屋に入ることだ。そしてヒルコは美彌子の部屋に憑いた霊ではなくて、美彌子自身に憑いた存在だ。それは昼間の西宮神社でヒルコの姿を視たことからも再認識をしている。

だとすれば美彌子が泊まるこの旅館の部屋も、美彌子のあのアパートの部屋と同じことになるのではなかろうか。

——入れば呪われてしまう、美彌子の部屋。

美彌子がいる室内に高野が入れば、首に浮かんだ赤い痣がひょっとしたら悪化するかもしれない。そう思って美彌子は、高野と部屋を分けていた。

悲しいのは、それを高野に言ったとしても理解されないことだ。

だがそれはそれとして、一日中ヒルコを探って歩いていた美彌子のお腹(なか)は今にも鳴ってしまいそうだった。つい勢いでいらないとは口にしたものの、それでも空腹時に目の前に炭水化物を置かれてしまったら抗(あらが)えるわけがない。

美彌子は高野が買ってきてくれたおにぎりに手を伸ばすと、包装を剝(む)いてから海苔(のり)を巻いて一口頬張った。塩の味気が、疲れきった身体によく染みていく。

それからしばしの間、互いにただ咀嚼(そしゃく)するだけの無言が続くも、

「——なぁ、美彌子。おまえ卒論の作家を誰にするのかは、もう決めたのか?」

軽く腹ごなしを終えた高野が、美彌子に話しかけた。

「何ですか、突然に」

それは本当に唐突だった。ヒルコのことで頭がいっぱいの美彌子は、いきなり何を言い出すのかと本気で思った。

　しかし高野は、どうもそうではないらしい。

「突然ということなんてないだろ。おまえも来月にはもう学部の四年になるんだぞ、卒論テーマを決めるには遅いぐらいだ。それに俺はゼミの先輩だ、後進の研究テーマを気にかけてやるのも俺の役目の一つだ」

「だからって、何もこんなときに……」

「こんなときだからだよ。ここしばらく美彌子と落ち着いて話す機会なんてなかったからな。それともあれか？　おまえはいつまでもこんな風に上代の神の軌跡を追って、フィールドワークでもしたいのか？　だったら今のうちから転科を考えたほうがいいぞ」

　高野のイヤミに、美彌子は少しだけむっと頬を膨らます。

　だれがこんなことをいつまでもしたいものか。美彌子だって出来れば、早く学校へと戻りたいし、ゼミにも出席したい。

　思えばヒルコにまつわる一連の事件が始まる前は、美彌子はゼミの研究の話となるといつもうんざりしていた。高野が言ったように、学部四年となればいよいよ卒論を見越さなければならない。近現代文学ゼミである美彌子も、当然ながら作家を一人に絞ってテーマを決め、一年かけて論文を書いていくことになる。

　だが美彌子は、それがどうしても気乗りしなかった。決めたら基本的に後には戻れなくなる。モラトリアムと言われようとも、決めずにだらだらと先延ばしにしたいとずっと思っていた。

けれども人というのは現金なもので、今は逆に早く学校に戻ってしっかりと研究テーマを決めたいと、高野に言われてそんな気持ちが芽生えていることに気がついた。

「聖先輩の専門は、芥川龍之介（あくたがわりゅうのすけ）ですよね」

「あぁ、そうだ」

あっさりと返事をしながらも、高野はなぜかじっとりとした目で美彌子を見つめてくる。

「なんですか？」

「おまえも他の連中みたいに『泉鏡花（いずみきょうか）ですよね？』と、俺をからかわないのか？」

「……言いませんよ、そんな子どもみたいなこと」

珍しく少しだけふて腐れた表情を浮かべた高野に、美彌子がくすりと笑った。

「というか、自分の専門を誰にするか決めかねているので、ただ訊（き）いただけです」

「そんなもの、おまえが好きだと思う作家で決めたらいい。これから何度でも読み込み、全集もくまなく読むことになる作家だ。好きでなければ、それはそれで大変だぞ」

「だったら聖先輩は、芥川が好きなんですか？」

瞬間、高野がらしくもなく「にぃ」という音がしそうなほどの勢いで、笑みを浮かべた。

「当たり前だ、芥川は最高だぞ。芥川の作品は驚くほどに理路整然として計算に満ちていてな、コントロールができるからこそ短編にこだわったという理由もよくわかる。とにかく一作一作が完璧なんだ。読み返せば読み返すだけいろんな糸が繋がってきてな、何度読み返そうとも決して飽きさせてくれない」

子どもみたいな高野の熱の入れように、本当に好きなんだなと美彌子は感心してしまう。

だが楽しげだった高野の顔が、いきなりデフォルトの不機嫌そうな表情に戻った。

「だがな、そんな俺でも芥川が書いた作品の中で一つだけ解せない作品がある」

「はぁ……その解せない作品とは？」

「『歯車』だ」

なんとも苦々しげに、高野がつぶやいた。

「芥川に怪奇趣味があったのはわかっているし、その嗜好をどうこう言うつもりもない。だがな、よりにもよってどうして自殺する直前の遺作があれなんだ。閃輝暗点を患っていたのは仕方がないが、わざわざ作中でドッペルゲンガーのことに触れて、意味深なレインコートの男を出す。ほとんどが事実の自伝的内容だというのもたちが悪い。あれでは『芥川の自死の原因は、ドッペルゲンガーを見たからだ』なんて、無知蒙昧な都市伝説が生じるのも無理からんことだろうが！」

興奮した高野が、手にしていた茶碗を苛立たしげにテーブルの上へと叩きつける。その拍子に中に入っていたお茶がこぼれ、高野は慌てて布巾で拭いた。

その様子に、美彌子は声を上げて笑いそうになるのを必死で堪えていた。

いや、別にそんな笑うような話ではないのだが、しかし今の話は妙に高野らしくて、美彌子はどことなく安心してしまった。

正直に言って、美彌子はさして文学が好きではない。

単純に受験時の偏差値で自分にちょうど良かったのが、今通っている大学の文学部だったに過ぎない。近現代のゼミを選んだのも、難解な古語を読むぐらいなら平易な現代文学のほうがいいという、その程度の不謹慎な動機だ。

それなのに、たまたま高校のときに芥川の『芋がゆ』を読んでいて、その示唆的な内容が脳裏に残っていたため「芥川は私も好きです」と初見で言ってしまったことが、高野に目をつけられたきっかけだった。

美彌子としては、これからテーマを決める上で大正時代の作家である芥川よりも、もっと現代寄りの作家を扱いたいと考えていたのだが——でも芥川をテーマに据えて、高野から教えてもらいながら論文を書くのも悪くないなと、美彌子はそう思ってしまった。

——しかし。

それもこれも全てはヒルコの呪いを解いて、二人して無事に東京に戻れたらの話だ。

急に今の自分たちが置かれている状況を思い出し、胸がいっぱいになった美彌子は、手にしていた二つ目のおにぎりの包装を破ることなく畳の上に戻した。

その様を横目で見ていた高野が、キュッと目を細めた。

「……いいからちゃんと食べておけ。明日は朝一から出発して三重に向かうぞ」

いきなり出てきた具体的な地名に美彌子が驚き、高野をまじまじと見つめ返す。

「三重って、またどうして」

「実はコンビニから歩いて戻ってくる途中で、次の『吾妹』候補が思い浮かんだ」

「ほんとですか、それ！」

「当たり前だ、嘘なんぞついて何の得がある」

高野に詰め寄るため、思わず部屋を出てしまいそうになった美彌子だが、襖の手前ぎりぎりのところで留まった。

傍から見れば頑なにも見える美彌子の姿に、高野が失笑する。

「昼間に西宮神社に行ったあとで、末社に『蛭子神社』があるからと『生田神社』に行っただろ。あのときから喉に小骨が刺さったような妙なひっかかりがあってな、それでコンビニを往復している間にずっと考えていたわけだが、ようやくその理由がわかった。

確かにヒルコには、『吾妹』とでも呼ぶべき対となる神がいる」

そう言うと高野はB5ノートを取り出して、そこに大きく文字を書き始めた。

「生田神社の祭神の名は『稚日女尊』というのだが――この名前を見ても、何か気がつかないか？」

高野が掲げたノートの、『稚日女尊』という字の横に振られた『ワカヒルメノミコト』

のルビを目を凝らして見ているうち、美彌子もはたと気がついた。

「似てます……ヒルという字が入っています」

「そうだ。日の女と書いて『ヒルメ』と読む。いくら上代のことに疎いおまえでも、当時は『子(こ)』という字が男性を指しているという認識はあるよな。つまりヒルコという音はな、男子神(おのこがみ)としての日の子――『日子(ひるこ)』という字に変換することも可能だということだ。そして実際に、ヒルコはもともと『日子』『昼子』であり、なんらかの理由からおぞましい姿を連想させる『蛭児』へと貶(おとし)められた――という説もあるらしい」

「だったら、その『日女』と『日子』で、生田神社の祭神の『稚日女尊』がヒルコの『吾妹』だったということですか？」

鼻息荒く訊いてくる美彌子に対して、高野がしたり顔で首を横に振った。

「そう結論を急ぐな。まずワカヒルメノミコトというのは『日本書紀』に出てくる高天原(たかまがはら)で機(はた)を織る女神のことだが、その登場よりもだいぶ前に『蛭児』は海に流されているため、両者の間には何の接点もない。だからヒルコがワカヒルメを『吾妹』と呼ぶのはどうにも違和感があると感じていたんだが、しかし生田神社の由緒でワカヒルメがとある女神の和魂(にぎみたま)だと説明されていたのを思い出し、俺は自分がすっかり見落としていたことに気がついたよ。

ワカヒルメノミコトの本体とも呼ぶべき、そのとある女神の名は『日本書紀』では『大(おお)

日霎貴（ひるめのむち）』。――『古事記』での名を『天照大神（あまてらすおおみかみ）』という」

美彌子の口が半開きとなって固まった。

それは日本人なら誰もが知った名だ。神道における最高神。神棚がある家なら、どこでも祀られている神様が、ヒルコの『吾妹』だというのだろうか。

「『古事記』ではイザナギとイザナミの長子とされたヒルコだが、夷三郎のときにも説明したように『日本書紀』では三番目の子とされている。つまり記載はなくとも、海に流される前に母神であるイザナミの他にも、妹神にも会っているとも考えられるわけだ。

そして数多の神の中でもっとも尊い神とイザナギが称したヒルコの姉こそ、オオヒルメノムチだ。この〝オオ〟は〝偉大な〟という意味で、〝ムチ〟というのは〝高貴〟な存在への尊称となる。つまりオオヒルメノムチとは〝高貴で偉大なる『日女（ヒルメ）』〟という意味だ。

まさに弟神である『日子（ヒルコ）』が『吾妹』と、特別な呼称で指すに相応（ふさわ）しい相手じゃないか？」

美彌子の喉から「……あぁ」という声が自然と漏れた。

それは驚くほどにすとんと腑（ふ）に落ちた説明だ。

『蛭児（ヒルコ）』の本当の名は、『日子（ヒルコ）』。

そして『日子（ヒルコ）』の『吾妹（ワギモ）』とは、『日女（ヒルメ）』。

――これしかない、という気さえ美彌子はした。

だが同時に、飛鳥時代の装束を纏ったあの首のない霊が探している相手は、本当に神様である天照大神なのだろうか？

そう考えると、やや違和感も残った。

高野は明日は朝一で三重に行くと言ったが、その向かう先はきっと『伊勢神宮』だ。神社本庁の総本社にして『天照大神』を祀る神社。『日女』のことを知った今、美彌子も三重に行くことに反対ではない。

でも「本当にそれが正解なの？」という、心の声が聞こえた気がした。

明日は高野の首に痣が浮かんでから、三日目を迎える。それは莉子と咲花が首をもがれた日数と、同じ日数だ。

……もし『天照大神』でなかったら、そこで終わりとなってしまうかもしれない。

心中で渦巻く不安が美彌子の顔に表れていたのだろう。渾身の推理だと思っていた高野の表情が僅かに曇った。

「まあ、それでも行ってみる価値はあるだろうさ。行ってみれば、案外にしっくりとくるかもしれないぞ」

「……だけど、もう後がないかもしれないんですよ」

美彌子にとって、三重行きは高野の命を賭けた一か八かのギャンブルとなる。正解な気もするが、違っている気もする。そんな曖昧な感覚に任せて本当に後悔しないのか。

悩む美彌子が、右手で自分の前髪をくしゃりと握り潰した。

せめてもう少し、もうちょっとだけ確証を得られる方法はないのか。

「……ヒルコって何だったのか、書いた人に問い詰めたいですよ」

会話の合間に、余っていたおにぎりを口にまで運ぼうとしていた高野の手が、ぴたりと止まった。

そして雷に打たれたような表情を浮かべ、轟(とどろ)きのごとく高野が叫んだ。

「おい、それだっ!!」

突然の大声に、美彌子が目を白黒させる。

「なんてバカなんだ、俺は。いくら専攻が違っているとはいえ、そんなのはあたりまえすぎることだ。『歯車』に出てくるレインコートの男の正体を、芥川の家族関係や心境から推察するように、当時の記紀を書いた連中の考えだってもっと考慮すべきだったんだよ！」

自分の腕をスイーパーのようにして、テーブルの上に置いた邪魔なパンやおにぎりを高野が払いのけた。空いたスペースにノートを置くと、思考を整理するかのように必死で何かを書き殴ってから、

「——持統天皇(じとうてんのう)」

その名を高野が口にした瞬間、鳥肌が立ちそうなほどすうーっと部屋の温度が落ちた。

同時に美彌子の鼻の中が、腐った土の臭いに蹂躙（じゅうりん）される。

黴の混じったような空気で肺が満ち、勝手に嘔吐（おうと）してしまいそうになる。

「なあ？　ヒルコが探している『吾妹』は『持統天皇』のことじゃないのか？」

この異常なまでの変化に気づいていないのか、高野が興奮気味に訊ねてくる。

しかし――今の美彌子はそれどころではなかった。

美彌子の目に映る光景は、瞬（またた）く間に変化していた。

襖のあった場所が、古くてくすんだ石の壁になっていく。時計の針を猛然と進めたように、漆喰の壁がみるみると朽ちて剝げていく。

その漆喰壁には何やら絵が描かれていた。人やら獣やらの絵だと思うのだが、目の前で剝げていくそれが何か、美彌子にはわからない。

さらには気がつけば天井に星が瞬（またた）いていた。この光景は地の底のはずなのに、と思った直後に気がついた。星に見えたそれは金箔（きんぱく）だった。丸く貼った金箔が、夜空の配置にちなんで貼られていた。閉ざされた地の底に描かれた、まがい物の空がここにあった。

美彌子の呼吸が荒くなる。ハァハァという喘（あえ）ぎが止まらない。

「どうした？　大丈夫か？」

一瞬で顔色を失った美彌子の様子を不審がり、高野が心配して声をかける。

——ゴトン

と、美彌子の背後で大きく堅いものが地面の上に落ちた。それは木製の棺の蓋だった。

高野がいる側の部屋の蛍光灯が、ジジッという音を立てて照度が落ちる。

「……なんだ？」

パチリパチリと蛍光灯が明滅し始め、美彌子の目に映る光景は消えては浮かび、また浮かんでは消えだした。

まるで瞬きを繰り返すような視界の中、しゃがんだままの美彌子の背後から、褲(こ)に木沓を履いた男の足が音もなく現れ、ぬっと横を通り抜けていくのが視えた。

おかしくなった部屋の蛍光灯の紐(ひも)を高野が何度も引くが、いっさい変化はない。

コマ送りのような断続的な美彌子の視界。明るくなる度に、袍(ほう)を纏った首から上のない男の霊が徐々に高野へと近づいていく。

そして赤い痣の浮かぶ高野の首に、ヒルコが手を伸ばした刹那、

「ダメっ!!」

恐怖から半ば呆(ほう)けていた美彌子が立ち上がり、猛然と駆けた。

何事かと高野が驚いたときには、もう美彌子に飛びついた後だった。高野が畳の上へと倒れる。

「すぐに！　今すぐその人のところに、あなたを連れていくからっ！」

瞬間、パッと部屋の照明が戻る。

同時にヒルコの姿がかき消え、土の臭いもなくなり、美彌子の目に映る部屋の光景も元の古い旅館の部屋の様相に戻っていた。

「お、おい……どうした、美彌子」

畳の上で横になったまま、高野が目を丸くしている。

それで美彌子は自分が高野を押し倒して、腰の上に跨っていることに気がついた。

「……どうやら『吾妹』というのは、持統天皇なんだな？」

肘を使って上半身をもたげた高野が、シニカルに口元をほころばす。

美彌子はうなずこうとするも――目の前にある高野の首の赤い痣から、つぅーと赤い滴が幾筋も垂れているのが見えた。

美彌子の顔が、さーっと再び蒼くなる。

高野も自分で痣の異変に気がつき、手を伸ばして自ら首筋を撫でる。痣に触れてから離した高野の手の平は、真っ赤な血で染まっていた。

「どういうことだ、これは……」

らしくもなく高野が動揺する。首の表面に傷はないのに、しかし赤い痣からは血が滲んでいた。

一連の動作を間近で目にした美彌子が、自分の口を両手で覆った。

――これは、きっと警告だ。

――いつでもこの首を落とせるぞと、そういう脅しだ。

美彌子の背後がざわめいていた。かつてないほどに騒がしく殺気だっていた。

ようやく『吾妹』の名を聞いたヒルコが、ひたすら荒ぶっていた。

猶予はない。まごまごしていれば、本当にヒルコは高野の首を奪うに違いない。

「――行きましょう、聖先輩」

「行くって……こんな夜中に、おまえはどこに行くつもりだ」

「そんなの『吾妹』の居場所に決まっているじゃないですか。今すぐ『持統天皇』がいる場所へ向かうんですよ！」

4

なんとか頼み込んで用意してもらった部屋を、今度は日付が変わってすぐの、夜遅くに無理を言ってチェックアウトさせてもらう。

普段の美彌子なら旅館の人に申し訳なくて仕方がないところだが、今はそんな後ろめたさを感じている余裕すらなかった。

戸惑う高野をひたすら急かし、レンタカーのナビに行き先を入力させると、すぐさま車を発車させる。海の近い郊外のこの辺りは、遠くに神戸の街の灯(あか)りが見える以外に街路灯すらまばらな寂しい道だった。

「……それにしても、どうして『吾妹』が誰かわかったんですか?」

少しだけ落ち着くなり、美彌子が運転する高野に疑問を投げかけた。

――持統天皇。

六九〇年から六九七年の七年に渡って在位した、史上三人目の女性天皇だ。本格的な唐風都城である藤原京(ふじわらきょう)と、日本初の体系的律令である飛鳥浄御原令(あすかきよみはらりょう)を完成させ、古代律令統治国家の基礎を築いた天皇――スマホで検索し、助手席の美彌子はそんな情報を確認していた。

七〇〇年以前であれば、まさに飛鳥時代。それは首のない男が纏ったあの装束の時代とも合致する。

だがヒルコとは何も結びつかない。

全三〇巻に渡る『日本書紀』において、持統天皇は最後の最後の巻に登場する天皇らしい。対してヒルコは、神代を描いた一番最初の巻に登場する。高野が気にしていた関係性からいえば、ある意味でもっとも遠い存在だともいえた。

にもかかわらず、ヒルコがざわめき出す『吾妹』の名を、高野はぴたりと言い当てた。

「おまえの言葉がきっかけだよ。『古事記』と『日本書紀』を書いた著者の気持ちを考えたわけだ。――とはいっても、正確には書いた人間の心情ではなくて、それを書かせた者の意図を汲み取った、と言うのが正解だがな」

「書かせた者の意図ですか？」

「そうだ。一般的には『古事記』は太安万侶が、『日本書紀』は舎人親王が編纂してまとめたということになっている。しかし両者は編纂するよう命じられただけで、実際にはそれを指示した人物は別だ。そして記紀にはどちらも、それを命じた者の名が記されている。それが――天武天皇だ」

運転しながら語る間も、高野の首からはじわりじわりと血が染みだしていた。車に乗るまではしきりにハンカチで拭っていた高野だが、痛みがない上に傷もないので、今はもうYシャツの襟が赤く染まるのも構わず垂れるがままにしている。

輪のようだった赤い痣の表面が全て血で覆われ、痣の下に向かって糸のような幾つもの赤い筋が生じていた。

隣の助手席に座る美彌子の目には、高野の首はまるで一度切ってから接合面を合わせてただ置いただけのような、そんな風に見えていた。今の高野の肩をポンと叩けば、そのままぐらりと傾いて、ずるりと首が落ちてしまうのではないか――嫌な想像をしてしまい、美彌子は助手席に座ったまま祈るように両手を組んで身震いした。

「念のためにもう一度確認するが、目的地は持統天皇陵でいいんだな？」

「はい。間違いないはずです」

持統天皇は七〇〇年初頭に亡くなった、実在の人物だ。その相手に会いにいくとすれば、必然墓所を訪ねるということになる。

「つまり美彌子が言っていたヒルコというのは、天武天皇だったということか？」

「……ヒルコが、天武天皇？」

その名はさっき高野の口から聞いたばかりだ。確か『古事記』と『日本書紀』を編纂させた天皇だとか。

そして天武天皇は持統天皇の先代の天皇であり、かつ持統天皇とは夫婦であったと、先ほど検索をかけたときに美彌子は知った。

難しい顔で思案する美彌子を横目に、高野が自身の考えを語る。

「全ての神々を生み、ヒルコの親神でもあるイザナギとイザナミを初めとして、そこから四代前までこの国の神は皆が兄妹にして夫婦神だ。そして『日本書紀』で姉弟とされたヒルメとヒルコも、名前からして対の存在で夫婦となるべき神だった可能性もある。その場合はヒルコは『蛭児』ではなく、もともとは『日子』だったと考えるべきだろうがな。

天武天皇はな、その御代でこの国の名を『倭』から『日本』へと変えたとされている。つまり天武天皇は初代の日の本の国の為政者――『日子』とでも呼んで然るべき存在だと言える。それまでは大王であった君主の名称も、天武天皇の時代から天皇に変わったとも

される ほどだ。要は新しい形に国を変え、そして記紀というこの国の歴史を記す書の編纂を命じた天武天皇が、天に輝く日の王という意味がある『日子』に自身を仮託し書かせようとした――『日子』とは、天武天皇の化身という解釈ができるわけだ」

「……でも、私の腕に浮いている文字は『日子』ではなく、『蛭児』です」

美彌子の疑問に、高野が「ふむ」と小さく唸った。

「そこはやはり、それなりの別の誰かの意思が働いたと考えるべきだろうな。編纂を指示した天武天皇の没年が六八六年。対して『古事記』の成立は二六年後の七一二年で、『日本書紀』にいたっては三四年も後の七二〇年とされている。自らが作成を命じておきながらも、天武天皇は記紀の完成を目にすることなく世を去っているんだ。帝紀という国の歴史を記す事業の発起人こそ壬申の乱というクーデターを制した天武天皇だが、編纂作業を継いでいった後世の人間たちの意図や狙いも、記紀には組み込まれたと思った方が自然だ。

そして実際に天武天皇の次代の天皇である持統天皇は、記紀に記されたある重要な神のモデルという説がある。むしろ持統天皇を元に、その神は創造されたと言ってもいい」

「神様を創造って、そんなことできるんですか？」

「もちろん、書物の中でのことだ。そもそも日本の神道という概念は、仏教と対峙するために体系化され、記紀をもって整えられたとも言われている。歴史書という勝者に都合のいい物語が人の手で紡がれるように、神代の出来事も口伝から文字によって残される段階で、そこに為政者の意図が介在するのは必然のことだ」

要は、記紀は事実をありのままに書いてはいない、と。それが神代のことであろうとも、人の意思が混じっていると——そういうことなのだろう。

「だったら持統天皇をモデルに創られた神さまというのは、いったい誰なんですか？」

「『天照大神（あまてらすおおみかみ）』——つまり『大日孁貴（おおひるめのむち）』だ」

この話を切り出されたときから、それは美彌子も予想していた答えだ。ヒルコの名からヒルメという対の存在を割り出し『吾妹』の正解に辿り着いた以上、そうなるのは当たり前だろう。

だが皇祖神である『天照大神』が、逆に子孫のはずの天皇の一人をモデルに創られたという話には、わかっていても美彌子は驚きを感じてしまう。

「……なんで、そんなことを」

「おそらく自分の血統を代々の天皇に据えていくためだ。持統天皇の子は草壁（くさかべ）皇子一人きりだったが、この皇子が若くして亡くなってしまう。すると持統天皇の血を継いだ子孫は草壁皇子の息子、つまり孫の軽（かる）皇子しかいなくなってしまうんだ。当時の天皇位は身分の高い母から生まれた天皇の子か、もしくは兄弟に継がれていくのが一般的だった。だからこそ子は既におらずとも自分の血筋に天皇を継がせたいと考えた持統天皇は、先々代の天（てん）智（じ）天皇の娘と先代の天武天皇の皇后という強大な権力を背景に、自らが一度は天皇を継いで孫の軽皇子——文武天皇へと強引に生前譲位を果たしたんだ。
——美彌子は、天孫降臨はわかるか？」

聞き慣れない単語に、美彌子は静かに首を左右に振った。

「これも記紀の神代に記された逸話だ。天津神が住まう高天原を統べるオオヒルメノムチが、夭折した自分の子に代えて、孫であるニニギノミコトへと地上の統治を命じる。そうして地上に降りたニニギノミコトは、地上の有力な神の娘を娶って天皇家の始祖となる。

つまり孫を天皇にしたかった持統天皇は、日の神であった『日子』を『蛭児』と書き換えさせ、代わりに自身の分身たる『日女』を高天原の頂点へと据えた。そして記紀の中のオオヒルメノムチに地上の統治権をあえて孫へと譲らせることで、自身の行為とその血統の正しさを証明しようとしたのだと思う。

ちなみに持統天皇という漢風諡号の由来は〝継体持統〟という万世一系を示す中国の古語から来ている。そして二つある和風諡号の一つは高天原廣野姫天皇。これはな〝オオヒルメノムチが治める高天原の存在を広く世にしろしめした姫天皇〟とも読みとれるんだよ」

なんというか、壮大な話になってきて美彌子は少し頭がくらくらした。

ヒルコの『吾妹』を追う話が、どうして日本神話成立を問う陰謀論にいたるのか。

「そうだとしたら……ヒルコが『吾妹』を探している理由というのは、『日子』を『蛭児』に書き換えられたからなんでしょうか？」

「それは俺にはわからんな。ただ確かなのは、天武天皇と持統天皇は極めて仲の良い夫婦だったと言われているということだ。天武天皇の治世下では皇后だった持統天皇は、常に夫の傍らに寄り添って、その決断に進言をしていたとか。実のところ今向かっている持統天皇陵というのは、当時にしては珍しい夫との合葬陵だ。一つの陵墓に二人して眠っているということになっている」

それを聞いたとき、美彌子の心の中に妙な違和感が生まれた。

同じ墓に葬られた、ヒルコとヒルメ。

だったらどうしてヒルコは、ヒルメを――『吾妹』を探しているのか？

すぐそこで、一緒に眠っているんじゃないのか？

そして何より、なんでヒルコには首がないのか？

今の高野の話には、ヒルコの首がない理由の説明がいっさいなかった。

一方で『吾妹』が持統天皇なのは確実だ。

――何かがひっかかる。

でも今は些末な問題は切り捨て、高野を生きながらえさせるためには、『吾妹』の元へ向かうしかなかった。

ようやく神戸市街に戻ってきた車が、阪神高速道路へと乗る。さすがは深夜、昼間は渋滞する都市高速道路も今はほとんど車はなく、スムーズに本線へと合流した。

ガラガラの道なのだが、そこは根が真面目な高野の運転だ。こんなときでも制限速度をきっかりと守っていて、それが焦っている美彌子を少しだけやきもきとさせていた。

日付は既に変わっている。あとどれぐらい高野の首はもつのだろうか。

そんなことを思っていたら、左腕に針で刺したような痛みを急に感じた。

それは例の『蛭児』と書かれた傷から生じた痛みで、嫌な予感を覚えた美彌子が車内をきょろきょろと見渡してみる。

——すると。

運転席と後部シートに挟まれた暗闇から、爪のないボロボロの男の手がすーぅと出てきて、高野の首へと伸びていく最中だった。

「やめてっ!!」

美彌子が、助手席から全力で叫ぶ。

驚いた高野がビクリと激しく肩を跳ねさせると、まるで伸ばしたコードを巻き取るような動きで、青白い男の手が運転席の背後の影へと引っ込んでいった。

それは僅か一瞬のことだったが、それでも美彌子の肩は激しく上下していた。

「どうした？　いきなり叫んで」

「……いえ、なんでもありません」

高野が座った席の後ろの、何もない空間を美彌子がキッと睨みつけた。

――今、聖先輩の首を奪ったら決して『吾妹』の元には辿り着けないから。

――私は絶対に、自分一人なんかじゃ行かないから。

美彌子は心の中で、ヒルコに向かってそう吼えた。

「聖先輩、もっとスピードは出せないんですか？」

「無茶言うな、俺だって普段は車に乗らないペーパードライバーなんだぞ。おまけに慣れない土地での、初めて走る高速道路だ。あんまり焦らせるなよ」

高野の理屈はわかるが……それでも今は、少しでも急ぐべきときだ。

気がつけば美彌子は自分の親指の爪を噛んでいた。みっともないと気がつき慌てて手を離すと、はたとあることに気がついた。

「そういえば……聞き忘れていましたけど、今向かっている持統天皇陵っていうのはどこにあるんですか？」

「ああ、言っていなかったか？　奈良県だよ」

「えっ？」

「奈良県の明日香村に国営の歴史公園がある。そのすぐ近くに檜隈大内陵というのがあってな、そこが持統天皇と天武天皇の合葬陵だ」

美彌子の目が見開き、独りでに「……そういうこと」という声が漏れた。

なるほど——奈良県明日香村。
そこは祖母の葬儀で訪れた、最初にヒルコらしき黒い人影を見た場所だった。

5

山の中のトンネルを抜けて大阪府から奈良県に入ったら、眼下には橿原(かしはら)市の市街地が広がっていた。

時刻は既に午前一時を過ぎている。今がもっとも夜の深い時間帯だ。

橿原の街も街灯の灯りばかりがメインで、人家の灯りはなりを潜めている。

高速道路から見下ろす街の中に、でんと山が居座り鎮座していた。夜のために、その山は三角の形をした巨大な闇の塊に見え、なんとも不気味で不穏なもののように美彌子には思えた。

高速を降りて国道165号線をまっすぐ走り続けると、やがて進行方向の看板に『明日香方面』という文字が見えてきた。

奈良県明日香村は、歴史遺産の宝庫の地だ。そもそも古代の時代区分である飛鳥時代という名称は、この明日香村の元の名前である飛鳥村に由来している。

平城京(へいじょうきょう)ができる以前の京(みやこ)であった藤原京の存在していた場所であり、藤原京を造営させた天武、持統両天皇の陵もこの地にある。

そして美彌子の母が生まれ、美彌子の祖母がずっと住んでいた、都内住まいである美彌子にとって、俗に言うところの〝田舎〟と呼ばれる場所でもあった。

もっとも祖母と折り合いの悪かった母が美彌子を連れて実家に帰ったことはなく、先日の祖母の葬儀を含めて、美彌子が明日香村を訪ねるのはまだ二度目なのだが。

やがて高野の運転する車が『飛鳥駅前』と書かれた交差点を左折した。するとレンタカーのナビが「まもなく目的地です」と事務的な声で告げてきた。

ヒルコの探している『吾妹』である持統天皇が眠る場所へ、もうすぐ到着する。

「それで、着いたらどうするんだ？」

高野がぼそりと訊ねてきた。

「……わかりません」

美彌子は正直に答える。

自分に憑いているヒルコが問うているのは、『吾妹』の居場所だけだ。

だから着いた先でどうするのかと問われても、美彌子には答えようがない。

でも逆にいえば、居場所さえ示せばヒルコは満足するんじゃないかと、そういう気もしていた。

探していた『吾妹』はここよ――と、そう示しさえすればもう高野の首を奪う必要はなくなる。そんな期待を抱いていた。

二人の乗った車が進む道以外、周りの景色は全て暗闇だ。そしてこの一本道を照らす等間隔で並んだランプ型の街路灯は、まるで深い闇の底へ自分たちを誘っているかのように美彌子には思えた。

やがて「目的地周辺です」というナビの音声とともに、高野が車を停めた。そこは五、六台ばかりの車が停められる、小さな駐車場だった。

「――着いたぞ。ここが天武・持統天皇陵だ」

ナビを確認しながら高野がそう言った瞬間、傾けた首筋から幾つもの血の滴が糸のようになって垂れた。

高野の血は止まっていない。むしろひどくなっている気さえする。

――ここではまだダメなんだ。

そう思うなり居ても立ってもいられず、美彌子はドアを開けて車外へと飛び出した。

「おい、美彌子！」

高野も慌てて腰を上げて美彌子を追おうとするも、エンジンを切っていなかったこととシートベルトを外していなかったせいで出遅れてしまう。

美彌子が辺りを見渡す。周囲は畑のようで、目につくものはほとんど何もない。あるのはこの駐車場の片隅にある小さな小屋と、それから奥の小高い丘の上へと伸びた石段だけだった。

石段の入り口には『天武・持統天皇陵』と書かれた石の案内板が置かれていた。

美彌子が丘の上を見上げる。

街灯の灯りが届くところまでは、並べられた敷石がかろうじて見える。でもある一定の場所から上は、すっぽりと夜闇に覆われていた。

正直なところ、怖い。あの闇の中に何が潜んでいるというのか。

でも高野のためには、ここで怯んでなんていられなかった。

緩やかに右に曲がっている石段を、美彌子は気がつけば駆け上り始めていた。

「危ないぞ、ちょっと待てっ！」

ようやく車から降りてきた高野が背後で叫ぶも、美彌子は足を止めない。

徐々に闇が濃くなっていく方へと自ら走っていく。

途中、暗がりで石段に蹴躓いて転んだ。とっさに両手をついたために、掌に小石がいくつも刺さった。膝も擦りむいて血が滲むが、美彌子はすぐさま立ち上がって再び石段を駆け上がる。

そうして石段を登りきった丘の上にあったのは、玉砂利の敷かれた広場と、暗がりの中でも輪郭が僅かに見える白い石の鳥居だった。

鳥居の先には、小山のような天武・持統合葬陵があった。

古墳の上に生えた無数の木々は、昼間ならさぞ立派に見えるのだろうが、しかし真夜中である今は自分を睥睨（へいげい）してくる闇の塊にしか見えなかった。

——あの木々の下に、『吾妹』が眠っている。

「少し落ち着け、美彌子」

振り向けば、高野がスマホのライトを頼りに石段を登ってきたところだった。

高野を見るなり、美彌子の顔が蒼ざめる。

高野の首からは、変わらずに血が流れ続けていた。風が吹けばポロリと落ちそうだと美彌子には思えるほど、むしろここにきて高野の首の血は逆に量を増していた。

「くそっ！　なんなんだ、これは」

高野が垂れてくる血を、うっとうしそうに袖で拭う。

——どうして？

美彌子の頭の中を、その言葉がぐるぐると巡った。

「ここよっ‼　ここがあなたの『吾妹』の居場所なのよ⁉」

美彌子が辺りの闇に向かって全力で叫ぶ。

だがその声は反響することすらなく、辺りの暗がりに吸い込まれて消えていった。

「お、おい……どうしたんだ、美彌子」

「聞こえているのよね？　ここに連れてこさせるのがあんたの望みだったんでしょ！　『吾

妹』がどこにいるのかこうして教えてあげたんだから、さっさと聖先輩の首の痣を消しなさいよっ‼」

鬼気迫る表情で、美彌子が再び金切り声を上げる。

しかし、やはり反応はない。

美彌子が唇を嚙みしめる。それから合葬陵の敷地内に建つ白い鳥居に目を向けると、ダッと駆け出した。

陵をぐるりと囲う腰までの高さの生け垣を跳び越え、その奥の背の高い石の柵の入口となる格子状の鉄製の扉にしがみつくと、美彌子がよじ登り始めた。

――天皇陵というのは、皇室の私的な墓という扱いで宮内庁が立ち入りを禁止している。もちろんここにも宮内庁名義で立ち入りを禁止する看板が立てられていて、実際に天皇陵に立ち入れば犯罪行為となるし、過去には立ち入って逮捕された事例もある。

そのことを理解している高野は、無理やり合葬陵に入ろうとする美彌子に仰天した。

「おい、よせ！　それはさすがに洒落にならない。やめろ、美彌子！」

既に格子状の扉を半分ほど登った美彌子の足にしがみついて、高野が引きずり降ろそうとする。

「放してくださいっ！　こうなったら中に入って、もっと具体的に教えてやらないと――そうしないと、聖先輩が死んじゃうんですよ！」

必死で抵抗する美彌子だが、そこはどうしても腕力に差がある。格子を握っていた美彌子の手が、高野の力に負けて引き剝がされた。

美彌子を抱える形になった高野がたたらを踏み、背中から倒れた。辺りに敷き詰められた砂利がズザザッと鈍い音を立て、美彌子の下敷きになった高野が「うっ」と呻いた。

しかしそれでも、もがく美彌子の身体から高野は腕を放さず、再びよじ登ろうとしようにも美彌子は立ち上がることさえできなかった。

自分を気遣い庇ってくれようとする高野だが、今はその真面目さが少し恨めしい。

「……なんで行かせてくれないんですか。いま『吾妹』を見つけないと、聖先輩の首がヒルコにとられてしまうんですよ」

「大丈夫だ、俺は死なない。だから安心しろ」

その高野の言葉には、何の根拠もないのはわかっている。

何をどう言ったところで高野は霊的なものを信じない。血の滲む首の痣のことも明日に病院に行って診てもらえばいい、それくらいにしか思っていないのだろう。

だけど、それでは遅いのだ。

その頃にはきっと、高野はヒルコによって殺されている。

「少しは私のことも信じてください。私は聖先輩を助けたいんですよ」

まったく自覚なく、美彌子の目から一滴の涙がこぼれた。

美彌子の身体は高野の上に乗っているため、その涙は高野の頬の上へと落ちる。

戸惑う高野と、悲しむ美彌子の目線が交錯したその瞬間、

――重なった二人の頭の横に、白い足袋を履いた足が立った。


灯りがない夜の世界なのに、その足はまるで薄ぼんやりと光っているかのごとく、暗闇の中で浮き上がっていた。

周辺は砂利なのに、足音はしなかった。それは今まで美彌子の背後に潜んで隠れていたかのように、突然にそこに現れたのだ。

驚いた美彌子がガバリと面を上げる。足袋を履いたその女性の姿は、全身が白かった。

白い脚絆に、左前の白い装束――それから顔を隠すように垂れた白い布。

美彌子はその姿を、つい最近見た記憶があった。

それは先日に火葬場で焼かれる前に見た、棺に納められていた祖母の姿だった。

「……お、お祖母ちゃん？」

困惑する美彌子がぼそりと訊ねる。

白装束の女性からは何も答えはない。

だが、美彌子はあることを思い出していた。

——鳳正が言っていた、美彌子の腕に『蛭児』の文字を浮かばせたという味方の霊。

それは生前には美彌子と一度しか会話をしたことがない、決して明日香村の地には来るなと言っていた、この祖母のことではなかろうか。

この明日香の地にいたヒルコのことを祖母は知っていて、それで美彌子にこの地には来るなと、そう言っていたのではないのだろうか。

祖母の霊がくるりと踵を返した。音もなく砂利の上を滑るようにして歩く。

「あっ、待って！」

立ち上がって手を伸ばす美彌子だが、同じく立ち上がった高野がその肩に手を置いた。

「どうした、何を待つんだ？」

高野の目に映っているのは、焦った美彌子の顔だけだ。ヒルコ同様に、高野には祖母の姿も視えてはいないらしい。

その間も祖母の霊は歩いていき、陵を囲う生け垣と大きな松の木との間に隠れるように存在していた、一本の細い道の前に立った。

背中を向けた祖母が首だけで振り向き、真っ白い手でくいくいと美彌子を招く。そのまま道の奥の暗がりへと、歩いて消え去った。

その怪しい仕草に、美彌子の背骨がゾクリと縮こまる。

だが——あれは美彌子の祖母だ。美彌子の身内だ。

不安はあれど、それでも今の美彌子には祖母の招きに応じない手はなかった。

「……行きましょう、聖先輩」

美彌子が自分の肩に乗っていた手を取り、高野の前をザッザッと歩き出す。ぐいと手を引かれた高野は、狼狽しながらも美彌子に付き従う。

「おい、さっきからどうしたんだ。行くってどこに行くつもりなんだ？」

「……いいから、聖先輩はついてきてください」

高野の眉間の皺が深くなる。意味がわからず納得もいかないのだろうが、それでも美彌子の真剣な横顔を目にし、高野は開きかけた口を閉じた。

高野と手を繋いだまま、美彌子は祖母が消えた道を奥に向かって歩き続ける。

その道は地面が剥き出しの、ひと一人がやっと通れる程度の幅しかない細い道だった。右手は陵の生け垣で、左手のすぐそこは丘の斜面。この暗い中では足を踏み外しかねない。

自然と美彌子は高野の手を強く握り、高野もまた美彌子の手を強く握り返してくる。気がつけば二人の手の指は、どちらからともなく絡んでいた。

道を進む二人の前に、天武・持統合葬陵の裏手にある竹林が見えてきた。

僅かな風が吹くだけで、頭上を覆った笹の葉からザワザワという音が降ってくる。それはまるで大勢の人が見下ろし、嘲笑っているかのような錯覚を美彌子に感じさせ、いっそう不安になった。

それでも竹林の奥にまで続いている道を歩んでいくと、顔を布で覆った祖母の霊を見つけた。

美彌子がギョッとする。ちょうど天武・持統天皇陵の真裏の辺りで、祖母の霊は無言のままこちらを向いて立っていたのだ。

布越しに美彌子をじっと見つめている気配があると感じた直後、祖母の霊は自身が立つ場所の足下をすっと指さした。

美彌子が「えっ？」と声を漏らした直後、スマホのライトを灯した高野が、祖母の立つ辺りを照らした。

いきなりの激しい光量に、美彌子の目が眩む。

僅かに目を逸らしたその瞬間、美彌子の眼前から祖母の姿が消え、そして視界がはっきりしてきたときスマホのライトの中に立っていたのは――一本の木だった。

「……あれは、橘か？」

美彌子の目線の先を追った高野が訝し気な声を出す。

美彌子はまるで祖母が木と化した、もしくは木が祖母に化けていたのかとすら思う。今の今まで祖母の霊が立って居た場所に生えていたのは、丸い実を実らせた人の背丈ほどの高さしかない柑橘類の木だった。

異質なのは辺りいったいが竹藪なのに、それがたった一本だけ生えた別の木だということだ。

美彌子には、まるでこの木が何かの目印のように感じられた。

「それで、この橘の木がどうかしたのか？」

高野に問われ、美彌子がはっと気がつく。

——祖母は、この場所に立って足下を指さした。だとしたら、この木の根元には何かが埋まっているのではないのか？

美彌子は辺りの地面を見渡して手頃な石を見つけると、それを手に橘の木に駆け寄って根元を掘り始める。

美彌子が何をしたいのかを察した高野が、無理やり折った太めの竹の枝を持ってきた。

「そこをどけ、美彌子」

美彌子が場所を空けると、高野は橘の木の根元に枝を突き立て、そのまま引っ掻くようにして地面を掘り始めた。

数センチも掘ったところで、ガチリという堅い何かと枝がぶつかる音がした。

スマホで照らしてみれば、ところどころ茶色の白くて丸い大きな石のようなものが、地中に埋まっていた。

美彌子は高野に目配せをすると、今度は慎重に手を使ってそれを掘っていく。

すると、石だと思っていたそれの正体が何かわかった。

地面の外に半分ほど姿を現したところで、美彌子と高野は協力して地面からゆっくりと引き抜く。

丸かった部分はそのてっぺんだけであり、美彌子が手にしたそれは――古くて茶色味を帯びた人間の頭蓋骨だった。

掘り出す途中からわかってはいたものの、それでも自分の掌の上に乗った、かつて生きた人間の頭であったしゃれこうべに、美彌子は絶句してしまう。

「どうして、こんなものが……」

自然と美彌子の口から疑問が出た。

それに答えたのは、僅かに思案してから口を開いた高野だった。

「歌人として有名な藤原定家(ふじわらていか)が残した日記である『明月記(めいげつき)』に、こんな記載がある。

一二三五年に、天武・持統合葬陵へと盗掘が入った。それによって棺に納められていた天武天皇の遺骨は石室内に散乱し、持統天皇の遺骨は銀の筥(はこ)に入れられていたことが災いして外へと持ち出され、中身は陵の周辺にまき散らされてしまった――と」

美彌子の目が飛び出さんばかりに丸くなる。

「ちなみに放り出された持統天皇の遺骨は再び集められることがなくて、なんともひどい話だと定家は嘆いている」

ヒルコの『吾妹』とは、その遺骨が辺りにまき散らされたという持統天皇のことだ。

そして高野の推測が正しければ、ヒルコの正体は持統天皇の夫である天武天皇となる。

二人して葬られていた合葬陵から、持統天皇――つまりヒルメだけが、後世に盗掘にあって陵の外へと連れ出されてしまった。

陵の中に一人取り残された天武天皇――ヒルコ。

生涯連れ添い、自身の意思すら受け継いでくれた『吾妹』を地の底から求め――、

ワ　ギ　モ　ハ　イ　ヅ　コ　？

美彌子は思わず「……あぁ」と呻いてしまった。

うち捨てられたまま放って置かれたらしい『吾妹』の遺骨。

野ざらしのままとなっていた骸に、やがて土が覆い被さっていったとすれば――、

「火葬された骨でここまでしっかり形が残っているのも珍しいが、おまえの手の中の頭蓋骨が、ヒルコの『吾妹』であるヒルメのものである可能性は大いにあると思う」

美彌子の隣にしゃがみ、そう語った高野の首からは――あの、赤い痣が消えていた。

「聖先輩、首っ！」

手にしていた頭蓋骨を取り落としてまで、美彌子が高野の首に手を伸ばした。

残っていた血が僅かに指先に付着するが、それだけだ。指の腹でぬぐった血の下の皮膚

から痣は消えていて、新しい血も滲んでくることはなかった。

高野も自身の首の変化を察して、取り出したハンカチで拭う。それだけでさっきまでの状態が嘘のように、日に焼けていない肌をした元の白い首筋にと戻った。

「……不思議だな。血が止まっている。本当に、これはどんな現象なんだ」

納得がいかないらしく、高野が口をへの字にしながら失笑する。

美彌子の緊張がするすると解けた。

丸二日に渡って常に美彌子の心を占めていた恐怖が霧散し、やっと重圧から解放された。高野の前であることすら気にせず、感情の赴くままに美彌子が泣き始めてしまう。

「お、おい……」

高野が焦って、戸惑いの声を上げる。

だが美彌子の涙は止まらない。まるで泣き止もうとしない。

「ほんとに……よかったぁ……聖、先輩……よかったです……」

困りきった高野は、泣きじゃくる美彌子の頭を自分の胸に抱き寄せようとして――でも伸ばしかけた腕を引っ込めて、やめた。

代わりに大きなため息を一つ吐き、行き場がなくなり手持ち無沙汰となった手で自分の頭を掻いた。

「……大袈裟だな、美彌子は。だから俺は死なないって、ずっと言っていただろ」

美彌子を優しい目で見ながら、高野が鼻で笑う。
どう言われたって、何を言われたところで構わない。
それでも美彌子は今、高野が生きていることがただただ嬉しかった。

第四章　ミヤコ

1

「美彌子ちゃん！　どこおるん？　食べたことない言うてたから、『山の辺』の柿の葉寿司を買うてきたで！」

引き戸の玄関が開くガラガラという音が聞こえてくるなり、美彌子の従伯母の大声が、二階建ての一軒家を震わせそうなほどに響き渡った。

玄関からすぐ近くの、畳敷きの居間にいた美彌子が驚きビクリと肩を跳ねさせる。その拍子に、テーブルの上に山と積んでいたアルバムが肘とぶつかって崩れた。

畳の上に落ちたアルバムを拾っているうちに、ドスドスという重みのある足音が木板の廊下から響いてきて、居間の襖が遠慮会釈もなくスパンと音を立てて開いた。

「あぁ、やっぱりここにおったんね」

にこにこ顔の従伯母が、座卓の上の隙間に柿の葉寿司が入ったエコバッグを置き、美彌子の隣に何の断りもなくドスンと座り込んだ。

といっても、別に彼女が断りを入れたり、遠慮をしたりする必要は微塵もない。むしろここで肩身を小さくすべきは美彌子の方だ。

なにしろ美彌子が寝泊まりさせてもらっているこの家は、従伯母の家なのだから。

――『吾妹』の頭蓋骨を見つけてから、既に三日が経っていた。

あのあと疲れ切っていた高野と美彌子は、そのまま車の中で寝て朝を迎えた。

一眠りして起きてからも、高野の首の痣が再び現れることはなかった。

高野にかかっていたヒルコの呪いは、『吾妹』の遺骨を見つけたことで解けたのだろう。

正直、咲花をはじめとして四人もの人の命を奪ったヒルコを、美彌子は憎んですらいる。

けれども他人の首を奪ってでも、同じ陵から連れ出された妻を見つけたかったというヒルコの心情には、一抹の同情の余地があった。

だから美彌子は、見つけた頭蓋骨を天武・持統合葬陵の鳥居の近くの藪に置いていくことにした。

人骨である以上、本当は警察に届けるべきだろう。その上で然るべき機関が調べたら、大発見へと繋がるかもしれない。だけど美彌子はもうこれ以上、ヒルコのことで騒ぎになるのは御免だった。

シートにもたれて車中で寝ていると、やがてフロントガラス越しに日の光が強くなって美彌子は目を覚ました。しかし運転席で横になっていた高野の姿がない。

しばしぼーっとしながら待っていると、何か中身の詰まったビニール袋を下げた高野が車に戻ってきた。たぶんコンビニにでも行っていたのだろう。後で遅めの朝食にでもするのか、後部シートにやや重そうなビニール袋を置き、それから再び運転席に座った。

高野はエンジンをかけながら、レンタカーを返して電車で帰るか、それとも都内で乗り捨てにしてこのままレンタカーで帰るかを、美彌子に問うてくる。

だが美彌子は、とてもあの部屋に帰る気にはなれなかった。

ヒルコに憑（つ）かれていた間は感性が麻痺（まひ）していたが、こうして決着がついてみれば、あれほどおぞましい体験をした部屋に、美彌子は一日だっていたいとは思えなかった。

それに、美彌子はまだこの明日香（あすか）村で調べたいこともあった。

天武・持統合葬陵の裏手にあった橘（たちばな）の木の下に、『吾妹』が眠っていると教えてくれた祖母の霊。

生前はたった一度しか言葉を交わしたことがなく、それなのに自分に『蛭児（ひるこ）』のことを教えてくれていた祖母のことを、美彌子はもっと知りたいと思っていた。

だが祖母のことを頭から嫌っている美彌子の母親は、きっと何も教えてはくれないだろう。

だから美彌子は祖母の葬儀のときに連絡先を交換した、祖母が住んでいた明日香村に同じく住んでいる、従伯母に電話をしたのだ。

はっきり言って美彌子は従伯母のように物怖(ものお)じせず、ずけずけと距離を詰めてくるタイプが少し苦手だ。とはいえ、この件で頼れるのは従伯母しかいない。だからおずおずと電話したところ、予想通り従伯母は美彌子からの連絡に大仰なほどに喜び応じてくれた。

そんな従伯母に、先日亡くなった祖母のことをもっと知りたいと用件を伝えたところ、明日香村にまで来ているのなら、一軒家で一人暮らしをしている従伯母の家に今から来るよう、誘われたのだ。

高野には事情を説明し、駅前で車から降ろしてもらった。

今回の旅の目的は、美彌子は高野の呪いを解くことだったが、高野は美彌子が潜在的に抱えていると思っていた不安の払拭だった。だからすっきりした美彌子の顔を見て、高野も安心したのだろう。美彌子を残し、高野は意外なほどあっさりと一人で東京へと帰っていった。

そして明日香村役場近くにある従伯母の家を訪ね、美彌子は手ぐすね引いて待っていた彼女からドン引きするほどの歓待を受けると、あとはもうズルズルと滞在し続け、今日ではや三日目になっていた。

「どう？　それでお祖母(ばあ)ちゃんらしい写真は見つかったん？」

エコバックから柿の葉寿司の折りを取り出しつつ、従伯母が美彌子に訊ねた。

――正直なところ、歓迎してくれた割には従伯母からさほど詳しい祖母の話を聞くことはできなかった。しかしそれでも従伯母は、親戚の中ではだいぶ祖母と仲の良かった方らしい。

なんとなく予想していたが、祖母は相当に気難しい性格であったようで、法事のときでもない限りあまり人前には出てこなかったのだそうだ。

おまけに写真嫌いでもあり、祖母の葬儀のときには遺影を作るのにも本当に苦労をしたと、従伯母は言っていた。

実際に従伯母の家のアルバムを見せてもらっても、祖母の写真は一枚もなかった。

それで美彌子が残念そうにしていたところ、従伯母が近くに住んでいる他の親戚の家を何軒も廻って借りてきてくれたのが、いま柿の葉寿司と一緒にテーブルの上へと乗っている大量のアルバムの山だった。

美彌子はやや苦手でも、根本的に従伯母はいい人なのだ。

「えぇ――それで、この集合写真なんですけれど」

柿の葉を剝いてさっそく鯖の寿司をつまみ出した従伯母に、美彌子は積んだ山の中からあらかじめ目星をつけておいたアルバムを取りだし開いた。ぐるりと九〇度回転させ、とある写真が従伯母にははっきり見える角度でアルバムをテーブルに置く。

その写真の背景は小さな丘だった。辺りには何もなさそうな野原に、こんもりと土が盛られていて、上には無数の竹が生えていた。その丘の前に、礼服で正装をした男女が九人ほど並んで写っている。

その九人のうちの一人、ひどい仏頂面をした女性を、保護フィルム越しに美彌子は指でさした。

「これ、お祖母ちゃんですよね?」

従伯母が酸味の強そうな香りがする鯖を咀嚼しながら、美彌子の指の先へとまじまじと目を凝らす。

「あぁ、そうやそうや! これ間違いなくあんたのお祖母ちゃんの若い頃や。美彌子ちゃん、こんな古い写真よう見つけはったなぁ」

その写真がだいぶ古いことは、印画紙の色褪せ具合と昔のカメラ特有のぼんやりした写り具合から容易に想像がついた。

実際、美彌子が祖母だと思ったその女性の顔もかなり若い。

写真なのではっきりとはわからないが、おそらくは今の美彌子と同年代ぐらいだろう。祖母の享年から逆算すれば、五〇年ぐらいは前の写真ということになるだろうか。

「こんな写真、おばちゃんも初めてみたわぁ。これだけ古いのがよく残っとったなぁ。背後で映っとるのは、きっと発掘される前のフルミヤやで」

「……えっ？」

一瞬、美彌子は自分の名前を呼ばれたのかと勘違いをした。

だが美彌子ではなくて、伯母が口にしたのはフルミヤ。

フルミヤとミヤコ——微妙に自分の名前と音がかぶったその単語が、美彌子はやけに気になった。

「……なんですか、そのフルミヤっていうのは」

「あぁ、フルミヤは〝古宮(ふるみや)〟や。ほら、このあんたのお祖母ちゃんが写っておる写真の背景になっている、この古墳のことや」

——古墳？

美彌子はもう一度、写真の背景へと目を向けた。

黒い和服の礼装で身を包んだ男女の背後にある小山は、大き過ぎず小さ過ぎず、確かに自然物として考えるのなら微妙なサイズだった。そしてその山の上に生えた竹林の様は、どこか天武・持統合葬陵にも似た姿をしていた。

「うちは分家やったからようわからんがな、あんたのお祖母ちゃんは本家やったからこの古宮の守人の一人だったんよ。なんでも戦前ぐらいまでは、この古宮の前でお祭りもしとったらしいで。祀(まつ)らんと古宮が祟(たた)るいうて、えらく怖がられておったらしいわ。まあ……あんたのお母ちゃんが家を出て行かはってから、本家を継ぐ人間もおらんようになったけどなぁ。ああ、そうか血筋からいうたら、美彌子ちゃんも守人の家系ということになるんやないかな」

そんな話、美彌子は聞いたことがなかった。

自分が、古宮と呼ばれている古墳の守人の家系。

――母は、そのことを知っていたのだろうか。

たぶん知っていたのだろう。知っていた上で、別に言うべきことでもないと自分には話していない気がする。あれだけ祖母と仲が悪かった母のことだ。あえて継がずに逃げたということすら考えられる。

「ほら、だいぶ見にくいけどな、ここにいる連中の礼服にはみんな同じ家紋がついてるやろ。これ橘を模した家紋で、なんでもこの家紋をしておる家のもんたちが代々古宮を祀っていかなならん、という習わしだったらしいんよ」

そこまで言ってから、従伯母はあることに気がつき「あら」という声を上げた。

「そういえばお母さんが再婚して、美彌子ちゃんの今の名字は〝橘〟になったんやったね。これも何かの縁かもしれんから、お祖母ちゃんに代わって家紋ごと、あんたが古宮の守人を継いだらどや？　今なら家と土地つきやで」

と、従伯母が冗談交じりに「ふふふ」と笑った。

だが美彌子は、まったく笑えなかった。

橘の家紋の家系に守られた古宮——そして、橘の姓を受け継いだ美彌子。

なんというか偶然とは思えないその符牒に、美彌子は薄ら寒いものすら感じた。

「それでこの古宮ってのは、今はどうなっているんですか？」

「あぁ、今はもうそりゃ綺麗なもんやで」

「……綺麗？」

「そうや、たぶんこの写真のちょっと後ぐらいやろな。偉い学者さんたちの調査が入ってな、それで凄い壁画が中から見つかったとかで、今や国宝なんや。古墳の上に生えとった竹藪なんかも全部刈られて整えられてな、周りも国営公園になってしもうてこの写真の面影なんて何も残ってないんよ。っていうか、美彌子ちゃんも一度は見とるはずやで」

「見ているはず、ですか？」

「そうや。ほらあんたのお祖母ちゃんの焼き場からの帰り、みんなでバスに乗ったやろ。あんときに公園のすぐ横を通ったやん。……そうそう、美彌子ちゃんがいつのまにか左腕を怪我しとったあのときよ。あんときにバスの窓から、綺麗になった古宮が見えてたはずやで」

瞬間、美彌子は目眩がした。

むしろこのまま倒れてしまいたいぐらいだった。

今の従伯母の話を聞いて、美彌子は心の中で唸ってしまう。

焼き場から帰る際のバスの窓から視えた、小山の上に立つ歪な黒い人影——後にヒルコだとわかるあの影を最初に視た場所が、ちょうどこの写真の中の丘を丸裸にしたような小山の上だった。

ほぼ間違いないだろう。祖母を含む、橘の家紋を持つ家により祀られてきたこの古宮の上にヒルコは立ち、そしてじっと美彌子のことを見ていたのだと思う。

……なんだろう。

美彌子は『吾妹』の居場所を教えてくれて、高野の命を救ってくれた祖母のことを知りたくて調べていたのに、しかし妙なニュアンスの話ばかりが出てくる。

「なんや？　そんなに古宮のことが気になるんなら、歩いてでも行けるから今から行ってきはったらどうや。うちはみんなで古宮と言うとるがな、世間一般様では『高松塚古墳』と言うて、今では明日香村の観光名所の中でも目玉の一つなんやで」

そのとき、傍らに置いておいた美彌子のスマホが、ピリリとけたたましく鳴った。

反射的に液晶を覗き込んでみれば、それは東京に帰った高野からの着信だった。

2

高野からかかってきた着信は、ＳＮＳを利用したビデオ通話だった。

そのため美彌子は着信をとらずに「かけ直します」とSNSで返信し、それから従伯母に断って居間を出た。

美彌子が寝泊まりさせてもらっている二階の空き部屋に移動し、この家にきてからすっかりボサボサになっていた髪に念入りにブラシを入れる。それから襟も整え、眉も不揃いじゃないかをスマホのカメラで確認してから、高野に向けて折り返しの発信をした。

数回のコール音の後、パッとスマホの画面が明るくなる。

「悪いな、美彌子。取り込んでいたところを」

まだあれから三日しか経っていないのに、でもスマホの液晶に映る高野のいつもの渋面に、美彌子は少しだけ懐かしさを覚えてしまった。

そして同時に、美彌子は安堵もしていた。大丈夫だろうとは思いつつも、しかし一抹の不安を拭いきれずにいたのだ。

――高野の首に、赤い痣は浮かんでいなかった。

「いえ、別に取り込んでは……って、それよりもいったい何の用事ですか？」

「本当は美彌子が都内に戻ってくるのを待ってから話そうと思っていたんだが、ここ数日はいてもたってもいられなくてな。どうしても美彌子に聞いてもらいたくて、電話したんだ」

その意味深な言いかたに、美彌子の心臓がドキリと跳ねた。

……ちょっとぐらい、高野の気持ちを想像しなかったわけではない。

何しろあれほど親身になって、美彌子のために骨を折ってくれていたのだ。自分を助けようとしてくれる高野の動機はなんだろうと考えれば、まあそこに行きつくことにはなる。

これまでは思ったにしても、そんなことに気をやる余裕はなかった。

でも、ここからは違う。

美彌子だってあと二、三日もしないうちに東京へ戻ろうと考えている。とはいえあのアパートに再び住む気にはなれないので、まずは部屋を探すことからなのだが。けれどもそれが落ち着けば、またすぐに学校に通おうと思っている。そうやって変化のない日常をとりもどせば、いろんなことを考える余裕も出てくるはずだ。

気がつけば、美彌子は自然と正座し高野の次の言葉を待っていた。

――しかし。

「おまえに是非ともな、ヒルコのことで新しく気がついた点を聞いて欲しいんだ」

瞬間、美彌子は反射的にスマホを床に投げつけそうになった。

でもすんでの所で、その衝動をこらえた。

というか相手は高野だ。堅物で融通が効かず、朴念仁な高野なのだ。高野が色恋の話なんてしてくるはずがなく、そんなことを少しでも想像してしまった自分が悪いのだと、美彌子はそう考えて煮えくりかけた腹を鎮めた。

それでも些かの苛立ちは混じった声音で、美彌子はいまさらなことを言い出した高野に言葉を返す。

「……って、なんでまだヒルコのことを調べているんですか。それはもう終わったんですよ」

助けてくれた祖母のことは知りたいと思っても、しかしヒルコにはもうかかわりたくはないというのが、美彌子の隠すところのない本音だった。

他人の首を奪ってまで『吾妹』と会いたかったヒルコの願いは、既に叶ったのだ。だからこれでもうおしまい――美彌子は、そう思っていた。

現にあの日以来、美彌子はヒルコの姿を視ていないし、その気配も感じていない。従伯母の家で部屋を借りて寝泊まりしていても、そこが地の底と繋がるような雰囲気になることは微塵もなかった。

だから新しく気がついた点も何も、ヒルコの件はすっきり終わったことなのだが、

「実は都内に帰ってきてからな、俺もいっときの美彌子と同じように声が聞こえるようになったんだよ」

予想だにしていなかった高野の話に、美彌子は素で「えっ?」と訊き返していた。

「――ワギモハイヅコ？」

その言葉を聞いた瞬間、肺に空気を溜めたまま美彌子の呼吸がぴたりと止まった。

「野太い男の声で、そう誰かが俺の耳もとで語りかけてくるんだ」

……ありえない。

美彌子と高野は確かに『吾妹』を見つけたのだ。

そして見つけた『吾妹』の頭蓋骨は、ヒルコとヒルメの墓の前へと置いてきた。

もう『吾妹』を探す必要はないからこそ、首を奪って問いかける必要もなくなり、ヒルコは高野の首につけた赤い痣を消したはずなのだ。

それなのに、どうして見つけた『吾妹』の居場所を、再び訊ねてくるのか？

それに――もう一つ。

美彌子は今の話に、あまりにおかしな点があることに気がついた。

もし「ワギモハイズコ？」という耳元で囁かれる声が本当にヒルコからの声だと仮定した場合、どうして他人の首を介さずヒルコが問いかけることができるのか？

ヒルコは首がなかったから声を発せられず、美彌子の部屋に立ち入った人間の首を千切るなり、へし折るなりして意のままに操って、美彌子への問いかけを繰り返していたのだ。

死者の口を奪うことなく、ヒルコが問いかけをできるはずがない。

にもかかわらず高野にヒルコの声が聞こえているということは、それこそ高野自身が美彌子に対して主張していたように潜在的な心の声——つまり気の迷いや、幻聴の類ではなかろうかと美彌子は思った。

「それでヒルコはまだ納得していないんじゃないかと感じてな、『吾妹』の居場所を探るために数日かけて、もう一度ヒルコのことを調べなおしてみたんだ」

なんだろう……何か高野らしくない、と美彌子は思った。

自分にも不思議な声が聞こえたから考えを変えた、なんて言われたらそれまでかもしれないが、美彌子が知る高野聖司（せいじ）という人物はもっと頑（かたく）なだった。傷のない自分の首から血が噴き出しても、不思議なことを信じなかった人だ。

それがどうして急に「ヒルコはまだ納得していない」なんて言い出すのか。

「それであらためて確信したんだが、俺がおまえに語っていたヒルコの正体は間違いだ」

「間違い？　……つまりヒルコは天武天皇ではなかった、ということですか？」

「そうだ。ヒルコの『吾妹』がヒルメ——持統天皇だったことは正しい。しかし持統天皇を『吾妹』と称していたヒルコは、天武天皇ではなかったんだよ」

「だったら、そのヒルコの正体というのは誰なんですか？」

「天武天皇の第一皇子である〝高市皇子（たけちのみこ）〟だ」

瞬間、ザーッと高野を映した映像にノイズが走った。

いきなりのことに驚く美彌子だが、しかしほんの短い間だけ高野の顔がブロック状に歪んでズレただけであり、スマホの液晶はまたすぐに元の映像に戻る。

電波が乱れたのか、アプリの具合が悪かったのか。今の不調はどうやら美彌子の側だけだったようで、高野はいっさい頓着なく話しを続ける。

「まずはヒルコとヒルメの関係性だ。ヒルコは『日子』で、ヒルメは『日女』。おれはその両者の関係性を親神であるイザナギとイザナミ同様に、それまで続いてきた兄妹の夫婦神となるべき存在だと解釈した。

だが、実際に調べてみるとヒルコとヒルメの関係は国産みの夫婦神の系譜ではなく、どうも古代のヒメヒコ制の名残と考えるほうが有力であるらしい」

「……ヒメヒコ制？」

聞き慣れない言葉に、美彌子が鸚鵡返しで高野に訊ねる。

「ヒメヒコ制というのは、古代の国家統治形態の一つだ。ヒメと称される国家の権威を象徴する女性シャーマンと、ヒコと称される政治・軍事の実務を担う男性オオキミとでそれぞれ分業して国家を治める。この統治法で最も有名なのが邪馬台国だ。邪馬台国は女王卑弥呼が鬼道を用いて神託を得て、その神託を後ろ盾に弟が実質的な国の運営を行っていた。つまり記紀の神代の時代に登場するヒルコとヒルメとは、当時の王朝からしても既に古代にあたる分業統治時代の暗喩として記されたという解釈だ」

「……はぁ」

なにやらまた壮大な話になってきて、どう答えていいかわからない美彌子はなんとも中途半端な声で返した。

「ちなみに持統天皇は非常にシャーマニックな天皇だったと考えられる。在位中に年二回の広瀬大忌神と龍田風神の祭祀を指示し、また三一回に渡り都を離れてまでも赴いた謎の吉野御幸は、吉野川にて精進潔斎をするためではなかったのかという説もある。さらには臣下の箴言をはね除けてまで、天皇としては初の伊勢神宮への御幸も行った。自身が『大日孁貴』のモデルであるように、持統天皇はまさにヒメヒコ制のヒメ——ヒルメに極めてふさわしい存在だったんだ」

高野の口調に熱がこもればこもるだけ、美彌子の違和感が強くなっていった。

スマホの液晶を通して会話をしている相手は間違いなく高野なのに、まるで違う人から話を聞いているような、美彌子は耳がムズムズするようなちぐはぐ感を覚えていた。

「それでだ。持統天皇がヒルメである以上、ならばヒメヒコ制での対となるヒルコは誰であろうか、俺はそれをもう一度考え直してみた。最初は日の本の王から天武天皇をヒルコとみたわけだが、しかし天武天皇は自身も易に通じ、陰陽寮を設立したシャーマニックな専制君主でもある。ヒメの指示で国をまとめるヒコとしては相応しくないんだ。おまけに天武天皇の在位中は、持統天皇はまだ皇后の身分でしかない。だから持統天皇がヒメヒコ制のヒルメと呼ぶに相応しい存在になるのは天武天皇の死後、天皇位を継いでからとなる。

故に持統天皇の御代において実質的に国家の運営を行っていた人物――そうして手繰っていった先で辿り着いたのが、当時人臣での最高位に就いていた〝高市皇子〟なんだよ」

そのヒルコの正体を再び高野が口にするなり、今度はブンと音を立て、美彌子の手の中のスマホの画面が一瞬、真っ暗となった。

やっぱりスマホの調子が悪いのかとも美彌子は思ったが、どうもそうではない。

見ていた限り、暗くなったのは映したカメラの向こう側――つまり高野がいる部屋の中が実際に暗くなったように、美彌子には思えたのだ。

だが高野はまるで動じていない。もし本当に部屋の中が突然に暗くなっていたのであれば、いくら高野だって天井を見上げるなり、もう少し反応してもいいものだが。

それなのに高野は、何ごともなかったかのように語り続ける。

「ヒルメのモデルが持統天皇で、そしてヒルコは当時の太政大臣であった高市皇子。

そう考え直して整理したらな、実に妙なことが繋がった。高市皇子の陵墓は未だに特定されていないんだが、その有力候補の一つに有名な〝高松塚古墳〟がある」

高松塚古墳――その名を聞くなり、美彌子の背筋がピンと伸びて固まった。

その古墳の名は、つい先ほどに従伯母の口から出た名前だ。

高野と話をする前まで聞いていた、従伯母からの〝古宮〟にまつわる美彌子の家系の話。その古宮の一般的な呼称が、高野がたった今口にした〝高松塚古墳〟だという。

美彌子が詰まりかけた声を出して高野にその事実を告げようとするが、それより早く高野が先を続けてしまう。

「壁画が国宝にもなっている高松塚古墳だが、埋葬された四〇代ぐらいの壮健そうな男性の遺骨の中からは、発掘当時から頭蓋骨が発見されていないんだ。一部の首の骨や舌骨はあったことから、おそらく埋葬後に何者かが被葬者の首を奪って持ち出したのだろうと考えられている。

つまり高松塚古墳が高市皇子の陵であれば、美彌子が何度も『ヒルコには首がない』と言っていたように、ヒルコのモデルとなった人物の遺骸には本当に首がなかったということになる」

――美彌子の膝が、ガクガクと勝手に震え出した。

スマホを握った手に力が入らなくなる。

人の首を奪って『吾妹』の居場所を尋ねていたヒルコの正体を、高野は最初、天武天皇と言った。『日本書紀』の記述からヒルメはヒルコと対になる存在だとつきとめ、そこから野に打ち棄てられていたと思われる持統天皇の頭蓋骨を見つけた。

それをもって『吾妹』と会えたヒルコの呪いは解決した――そのはずだった。

だが謎を解いてくれたはずの高野が、かつて自身で出した解答を否定した。

しかも新たに提示されたヒルコの正体である高市皇子は、埋葬されたその死体から首が持ち去られている可能性があるという。

さらには美彌子の家系が祀ってきた古宮こそが、ヒルコが埋葬された高松塚古墳なのだ。

――なに、これ。

いったい、何がどうなっているというのか？

「……聖先輩」

美彌子がようやく絞り出した声に、高野が「ん？」と反応した。

「実は私の血筋なんですが……その高松塚古墳を、代々祀ってきた一族らしいんです」

勇気を出して告げた美彌子の言葉に、しかし高野はさらりとこう答えた。

「あぁ、そうらしいな」

「……えっ？」

「教えてもらったよ、美彌子が〝橘〟の家紋をつけた、守人の家の出身だということはな。だから家を出ていようとも、親の再婚で〝橘〟という新しい姓を受けたおまえこそが適任だと、そう判断して探させることにしたと、そう言っていたぞ」

――そう言っていた？　誰が？

美彌子は声が出なかった。

高野は、はたして何を言っているのだろうか？

自分が高松塚古墳の守人の家系なんて、美彌子もついさっき従伯母から聞いて知ったばかりだ。だから美彌子が口にしていたなんてことは、絶対にありえない。

だとしたら……高野は、誰からそれを教えてもらったのか。

その相手を想像した美彌子の背中から、冷たい汗がどっと滴り始める。

「高松塚古墳はな、怨霊を封じ込めるための仕掛けが施された陵墓なんだ。そんな場所にヒルコが葬られているということは、ヒルコの怨念が当時の為政者に怖れられていたからという証明に他ならない。ではいったいどうして、ヒルコは怨霊として怖れられねばならなかったのか？

——それは、ヒルメがヒルコを殺したからだ」

ザーッと、再び高野を映した映像が激しく乱れた。

だが美彌子はもう、それを電波のせいとは思わなかった。

「自身の血を継ぐ孫にこの国を譲りたいという野心を抱いたヒルメはな、太政大臣の地位を与えて自ら共同統治者にしたヒルコのことが邪魔になったんだ。壬申の乱では先頭に立って軍を率い、世が落ち着いてからは陣頭に立って都を造営した、力も強く人心にも厚かったヒルコが、いつか自分の孫の地位を脅かすんじゃないかと、ヒルメは怖れたんだよ。だから、殺したのだ。あまつさえ殺しただけでは辱め足らず、その首までも奪った。

葬った身体から首を奪い、いつか起こるかもしれない死者の蘇りすらも妨げた。そうして奪った首は、大いなる日の国を作った天皇の墓の影へと埋めて隠した。そんな行いをヒルメは歴史書となる帝紀には記させなかった。むしろそれどころか、ヒルメは孫に国の統治者の地位を委譲する自身の行為を正統化するため、天孫降臨の逸話さえも創造した。

そしてヒルメは――ともに吾と大いなる都を築いては新たな律令を定めし、一度はその腕に我らを抱きし義兄弟たちの義母たる『吾妹』は、ヒコたる吾に『蛭児』などというおぞましい名を与え、海へと流すかのごとく存在そのもの消し去ったのだっ！」

最後は息を切らせて声を荒ぶらせた高野に、美彌子が静かに問いかける。

「……あなたは、いったい誰？」

はたと何かに気がついたかのように、ぴたりと高野が口を閉じる。

それからわざとらしいほど普段通りの渋面を、再び浮かべた。

「どうしたんだ、美彌子」

平易で平淡な声でもって、白々しく訊ねてくるのがかえって空恐ろしい。

だが美彌子はもう欺されなかった。

「あなたは、聖先輩なんかじゃない。――あなたは、どこの誰なの？」

そう訊ねたものの、さすがに美彌子にも見当はついていた。

芥川が大好きなのに、それでも『歯車』だけは納得がいかないと熱く語るような高野聖司という人物は、こんなことを断定的に語るような人では決してない。

これは違う。美彌子の手の中のスマホに映った人物は、高野の姿をしていようとも決して高野ではなかった。

「おまえの言っていることがわからんよ。ほら、俺はどう見ても俺だろ」

らしくもない戯けた仕草で肩を竦めてから、高野がスマホを手に色んな角度から自分自身を映す。

そのとき今の今までスマホを置いていたらしい机の上が、美彌子の画面に映った。

美彌子の爪先から頭のてっぺんまで、一気に怖気が駆け抜けていく。

高野の机の上に置かれていたのは、確かに天武・持統合葬陵に置いてきたはずの——あの夜に、美彌子と高野が二人で橘の木の根元から掘り出した、古びた頭蓋骨だった。

「聖先輩、それ……」

「あぁ、これか？　いや、せっかく掘り出させたというのに『吾妹』の墓に置いていこうとするからな、吾がちゃんと拾っておいたのだ。何しろ一三〇〇年ぶりに吾の手元に戻ってきた首だ、其をどうして諦めることなどできようぞ」

滅茶苦茶な高野の言葉遣いに、美彌子の心中で言い知れない恐怖が渦巻く。

いつのまにかごくごく自然な雰囲気で、高野の背後に深紫色の袍を着た男が立っていた。

褌を履いて爪の剝がれたボロボロの手に杓を持ったその男は、ちょうどカメラが見切れていて首から上が映ってはいなかった。

周囲の景色と比べると僅かに色褪せ、まるで古いカラー写真とデジタル映像を合成したような違和感があるその男の姿だが、怖れこそすれ美彌子はもう驚くことはなかった。

今になって思い起こせば、天武・持統合葬陵の駐車場で目を覚ましたとき、車に戻ってきた高野が手にしていたビニール袋に入っていたもの——それは高市皇子の頭蓋骨なのだろう。

きっとあの時から、高野はもうおかしくなっていたのだ。

——ヒルコは今、自身の頭蓋骨を持ち帰った高野に憑いている。

「聖先輩、聞こえていますかっ⁉ お願いですから頑張ってください！ 自分の意識を強く持って、負けないでください！」

美彌子が画面の向こうの高野に向かって叫ぶも、返事どころか虚ろな目をしたまま高野は微塵も動かない。

美彌子が血が出そうなほどに強く下唇を噛んだ。

「私もこれからそっちに行きます、だから耐えてくださいっ！」

その返事を待つことなく美彌子はスマホの通話を切り、その勢いのまま間借りしている部屋を飛び出した。

3

世話になった従伯母の家の玄関から、美彌子は挨拶することすらなく外へと駆け出した。荷物は何も持っていない、それこそ着の身着のままだ。ただ財布だけはスカートのポケットに入っていたので、美彌子は明日香村役場のある大通りまで出ると、そのままタクシーを捕まえた。

最寄りのターミナル駅である橿原(かしはら)神宮前駅まで急いでもらい、駅に着くなり今度は京都方面に行く一番早い特急に飛び乗った。

橿原神宮前駅から京都駅まではおおよそ一時間かかる。新幹線への乗り換えの時間を考慮すれば、京都駅から東京駅までは三時間近くだろう。明日香村から正味四時間、都内に着く頃にはもう夜になっている。だがそれでも、小回りの利かない飛行機や実際の移動速度で遅れる車より、たぶんこれがもっとも早く都内に戻れる経路のはずだ。

今すぐにでも高野の元に駆けつけたい美彌子としては、今は指定席に座ることしかできないことがただ焦(じ)れったかった。

――ヒルコの呪いは、まだ終わってはいなかったのだろうか。

高野の背後に立っていたヒルコの姿を思い出し、美彌子は考える。

正直なところ、美彌子には首を奪われる呪いは終わっているように感じられていた。その証拠が高野だ。一時はぐらりと揺れるだけで転がり落ちるんじゃないか、とすら心配していた高野の首だが、今は間違いなく繋がっている。さっきの通話でも高野の首の痣は消えたままだった。

美彌子は高野の首から痣が消えた理由を、ヒルコが『吾妹』を探す必要がなくなったからと思っていた。でもヒルコが「ワギモハイヅコ？」とまだ問うているのなら、それは違ったということになる。

——たぶん。

自分の首を見つけたから、もう他人の首を奪い口を操る必要がなくなったということだ。ゆえにヒルコはもう、いつでも憑いた人間に『吾妹』の居所を問うことができる。いろいろと多くのことを囁き、吹き込むことだってできる。

その推察が正しければ、美彌子と高野が掘り出したのは、陵の周囲にまき散らされたという持統天皇の遺骨ではない。よくよく考えれば、骨蔵器に納まっていたという持統天皇の頭骨が、あそこまで完全な形で残っていたとは考えにくい。

高松塚古墳の中に埋葬された、首なし被葬者である高市皇子の——ヒルコ自身の首を、美彌子たちは掘り出したのだろう。

「あぁ……」

ガラガラの特急のシートに座り、祈るような姿勢で両手を組んで前屈み（まえかが）になっていた美彌子の口から、憂慮を含む湿った吐息が勝手にこぼれた。

――思えば、あの橘の木の根元に何かが埋まっていると示唆してくれたのは、美彌子の祖母だった。

そして導かれるように古い頭蓋骨を掘り出すなり、高野の首の痣が消えた。

だから美彌子は祖母が孫を助けてくれたのだろうと、そう思っていた。

だが美彌子の祖母は、高松塚古墳を祀っていた守人の一人だった。それはひょっとして、高松塚古墳の被葬者であるヒルコを崇（あが）めていたのに等しいことではないのだろうか？

守人たちの家紋であった橘は、ミカン科の常緑樹の名前だ。冬でも肉厚の葉を繁らせる橘の木は、かつて古代では不死の象徴とされ、その実も不老不死の妙薬になると考えられていた――そんな話をいつだかの講義で聞いたことを、美彌子は思い出した。

不死の象徴たる橘の木の根元に埋まっていた、橘の家紋の一族が祀っていたヒルコの首。

――これは偶然なのだろうか？

――こんな偶然があるのだろうか？

おかしくなった高野は、ヒルコの首は死者の再生を妨げるために奪われた、と言っていた。であればその逆で、高松塚古墳を崇める人たちはその被葬者の再生を願い、その首の上に不死を意味する橘を植えたのではなかろうか。

……わからない。

美彌子には、その答えを得る術がない。

高野を助けるために、祖母は美彌子に『蛭児』の首を与えてくれたのか。

それとも美彌子を利用して、古宮の主であった『蛭児』の首を掘り出させたのか。

そのどちらなのかすら、美彌子にはわからなかった。

特急列車内に、まもなく京都駅に到着するというアナウンスが流れる。美彌子は席を立ってドアの前で待ち構えると、開くなりすぐ飛び出して新幹線のチケット売り場へと向かった。

買えた切符は、やはり待ち時間込みで東京駅まで三時間近くかかるものだった。

仕方なくしばし待ってから、ホームにぬるりと入ってきた新幹線へと乗り込む。

そして再びシートに座ると、あまり震動を感じないスムーズな動きでもって新幹線が発車した。

——僅か数日前、東京駅から関西方面に向かう新幹線に乗ったとき、美彌子は高野と二人だった。

あのときはヒルコが何者かもまるで見当がついておらず、高野は『吾妹』を探すために必死でいろんなことを考えてくれていた。

しかし美彌子は今、一人で新幹線に乗っている。

これまでいろんなことを示唆して助けてくれた高野を頼ることはできない。むしろ今は、美彌子が高野を助けなければならない。だから美彌子は新幹線のＷｉ‐Ｆｉにスマホを繋ぎ、思いつく限りの情報を検索してみた。

高野の部屋へと辿り着く前にもう一度ヒルコとヒルメ、その正体らしき高市皇子と持統天皇を、そして祟りを怖れて祀っていた古宮――高松塚古墳の詳細を、美彌子はなんとしても知っておきたかった。

高松塚古墳で検索して幾つかのサイトを巡って調べていくうち、〝呪い〟という言葉がネット上で予測変換されることに美彌子は気がついた。

なんでも高松塚古墳には〝呪い〟と称される、都市伝説めいた噂が存在しているらしい。

高松塚古墳が発掘調査されたのは一九七二年のことだ。しかしその直後から、発掘調査にかかわった人やその関係者たちの変死が続く。

最初は高松塚古墳を観光資源にしようとした役場の課長、次は高松塚古墳の発掘作業を手伝ったらしい女性、それから地元の自治会長が、発掘のときに最初に鍬を入れた人物が、石室の中を模写した画家までもが――短期間のうちに次々と変死を遂げたらしいのだ。

その内容から有名な『ツタンカーメンの呪い』の日本版、とでもいうべき扱いがネットの記事でされていた。

さらには呪いの原因が、高松塚古墳の被葬者による祟りだと考証しているオカルト系サイトもあった。

読みながら、美彌子は知らぬうちに喉を鳴らす。

発掘された高松塚古墳の石室には、壁画が描かれていたらしい。模様が描かれた装飾古墳というのはそれまでも一部の地域には存在していたらしいのだが、しっかりした絵画が壁に描かれていた古墳というのは国内初の発見だったそうだ。

この高松塚古墳の壁画というのは、高校の教科書にも載っていたらしいのだが、受験勉強から離れて数年を経た美彌子は、壁画どころか高松塚古墳の名前すら従伯母から聞くまで忘れていた。

それはさておき、飛鳥美人と称される官女を筆頭とした高松塚古墳の壁画には、他にも伝奇小説などで有名な四神や、天体の略図である星宿図、それから日輪・月輪なども描かれていたらしい。

——だが。

発掘当初から、その壁画は一部が欠けていた。

まずは四神。南を護る鳳凰である朱雀が確認できないのは、盗掘者が壁に穴を開けて侵入したためであろうから仕方がないとしても、亀に蛇が巻き付いた姿をしている北の玄武の壁画には、亀と蛇と二つある頭の両方ともが確認できなかった。玄武の手足の形は残っている、身体だってしっかりと確認できる。でも向き合っていたと思われる、亀と蛇の双方の顔は完全に破損、欠落していたらしい。

さらには石室の天井に描かれた星宿図だが、これはなぜか一部の星が南北あべこべに描かれていた。北極星（ほっきょくせい）である天極を中心としている以上、方向ははっきりしている。それなのにどうして逆さの空を、被葬者に向けて描いたのか。おまけにだ、天体の中で最も重要とされる――日本では天皇を象徴する北斗七星（ほくとしちせい）が、そもそも描かれていなかった。

そして東西にある日輪と月輪は僅かにその輪郭がわかるだけで、肝心の中身がごっそり抉（えぐ）られていた。暗い石室の中を照らすはずの日と月が、すっかり消失してしまっていたのだ。

それらは普通に考えれば、長年の経年劣化によって生じた、ただの剝落とみるべきなのだろう。でも美彌子は高松塚古墳の壁画の画像をネットで見て、これはあまりにできすぎだと感じていた。

特に日輪は――日は『日子（ヒルコ）』自身であり、同時に『日女（ヒルメ）』の象徴だとも思う。

それがどうしてこうもきっちり、ごっそり中身がなくなっているのか。

一部のオカルト系サイトが書いているように、美彌子には何者かがあえて削ったとしか思えなかった。

地の底の、石で囲まれた狭い空間の中であべこべの空を与え、そして日も月も消し去り、死者を守護する玄武の顔さえ抉りとる。

加えて盗掘を免れ残っていた剣には、どうも最初から柄と鞘しかなかったらしい。本来は武器である剣の、刃だけがない——それは、死者から牙を奪うという暗喩のようにすら、美彌子には思えた。

死んでいるにもかかわらず、再生を怖れ、首までも奪われた高松塚古墳の被葬者。

こうして並べてみるとあまりに示唆に富み過ぎていて、高松塚古墳が怨霊を封じた古墳だというのも得心ができた。ヒルコはきっと、呪詛で満ちたこの古墳に長きに渡って閉じ込められてきたのだろう。

さらに壁画のことを調べていくうち、美彌子の額にこれまで以上の冷たい汗が浮かびあがった。

高松塚古墳の壁画は、葬られた人間が眠る石室内に描かれている。とはいえ石室というからには、その壁は石だ。だから壁画を描くために、石室の内側には漆喰が塗られていたというのだ。そして石室内は、発掘当初から黴で汚染されていた。

それを知った美彌子の脳裏をよぎったのは、薄暗くて狭い自分のアパートの和室だった。あの古くてボロい和室の壁は、漆喰だった。そしてとにかく古いアパートのため、雨漏りの一つや二つしていないはずがなく、天井裏にはきっと黴も生えているだろう。

——鳳正をして地の底だと言わしめた美彌子の部屋は、本当にヒルコが眠っていた地の底の環境と近しい状態だったわけだ。

美彌子としては、家賃額と通帳を見比べて自分の考えでもって今のアパートに決めたと思っている。

けれども本当に、それは純粋な美彌子自身の意思だけだったのだろうか。

アパートの内見の時、美彌子は汚い漆喰の壁を見てげんなりしたのを覚えている。それなのに家賃がいくらか安い程度の理由で、どうして美彌子は気に入ってもいないあんな部屋を選んでしまったのか。

美彌子の今の姓だってそうだ。母親は祖母と明日香村を嫌って、半ば駆け落ちのように家を出た。つまり母は確かに〝橘〟の家紋を継いでいた家を捨てたはずなのに、しかし二度目の結婚で姓は〝橘〟へと変わり、美彌子は義父の戸籍に入らなければ〝橘〟姓を拒否できたはずなのに、さして考えもせずそれを受け継いでしまった。

そして高松塚古墳の古い名である〝古宮〟と、守人の家系である〝美彌子〟。

――古宮の〝古〟を音読みした場合、古宮は〝コミヤ〟となってしまう。

つまり〝コミヤ〟と〝ミヤコ〟。

ヒルコが眠っていた〝コミヤ〟と、ヒルコが憑いていた〝ミヤコ〟。

立ち入った者と関係者が次々と変死していった〝コミヤ〟の古墳。

立ち入った人が次々と首を奪われ死んでいった〝ミヤコ〟の部屋。

――全てが繋がっていく。

悪意の糸で結びつけられたかのような事象が、呪詛された高松塚古墳に眠る被葬者がヒルコであったと定まっただけで、次々とつまびらかになっていく。

美彌子は新幹線の天井を見上げて目を瞑った。

声は出なかった。

出るのは、ただため息だけだった。

おそらくは、何もかもがきっと仕組まれていた因果なのだろう。

これだけの悪意に絡め取られている中で、はたして自分にできることは何かあるのだろうか。どうすれば少しでも抗えて、そしてヒルコから高野をとりもどすことができるのか。

美彌子は瞑目しながら考える。

――ワギモハイヅコ？

その言葉が高野に聞こえているのならば、ヒルコはまだ『吾妹』を見つけられていないということになるのだろう。

一縷の望みがあるとすれば、やはりそこの気がする。

ヒルメを探す、ヒルコ――持統天皇を探す、高市皇子。

なぜ探すのかという理由は、高野の口を借りたヒルコからもう聞いている。

私欲のために自分を殺しただけでは飽き足らず、その存在を『蛭児』に貶め、怨念すらも地の底へと閉じ込めた従姉であり、義母でもある怨敵。

美彌子が最初に勘違いをした〝同じ墓所に眠っていたのに離された妻を見つけたい〟などという願いより、それははるかに仄暗くておどろおどろしい理由だ。封じ込められるほどに怖れられた怨念が、閉じ込めた『吾妹』を探すべく他人の首を奪い、その口を使ってまで訊ねてきていた——これが美彌子の周りで起きていた怪異の真相なのだろう。

ではいよいよもって、『吾妹』はどこにいるのか？

亡くなっている人間に会うのなら、普通は墓に行くことを考えるだろう。だが美彌子と高野は、既に天武・持統天皇の合葬陵へと一度は赴いている。あのときはまだ、ヒルコは美彌子に憑いていたはずなのに、それでもなお「ワギモハイヅコ？」と訊ねている。

だとしたら、やはりあの陵の中に持統天皇はいなかったということなのだろう。持統天皇の遺骨は大昔の盗掘によって陵墓の周囲にまき散らされているという。それならば他にもあの陵墓の近くのどこかに遺骨が埋まっていて、それを探しているということなのだろうか。

……なんというか、しっくり来ない。

それはヒルコを探してエビスを追っていたときと同じ感覚で、まるで的を射ない思考にはまっているような気がした。

他に、何か持統天皇の縁の地などはないのか？

そんなことを思って持統天皇に関する情報をネットで探し続け、そしてある一文を読んだとき、スマホを操作する美彌子の指がぴたりと止まった。

——持統天皇は、天皇で初めて火葬された人物。

それは何ということはない一文だった。あらためて考えてみれば、盗賊に持ち出された銀の筺に遺骨が入っていたというのだから、確かに火葬だったのだろう。

でも日本で最初に火葬されたのが持統天皇ということは、逆に同じ墓に葬られている先代の天武天皇は土葬だったということになるはずだ。

……同じ墓に葬られているのに、どうして葬り方を変えたのか。

そのことが美彌子はやけに気になって考え続け、そしてしばらくしてからふと脳裏に浮かんだのは、

『亡くなった人の煙が白く立ち昇っていくのを見とるとな、まるで魂が空に昇っていくように見えるんやで』

それはことの始まりの祖母の葬儀の際、焼き場に煙突がないのを見て嘆いた従伯母の言葉だった。

より詳しく調べてみれば、遺言で自らを火葬させた持統天皇だが、その後の天皇の葬送方法はまた土葬が続き、火葬が安定して行われるようになったのは室町時代になってから

のことらしい。持統天皇の時代、火葬はまだ一般的ではなかった。

　ではどうして遺言を残し、当時の慣習を破らせてまで、持統天皇は自らの遺体を火葬にさせたのか。

　――それは自らの身体を、天に立ち昇る煙に変えようとしたからではないのか？

　持統天皇は、高天原を治める天照大神のモデルだという。

　そして持統天皇の和風諡号は『大倭根子天之廣野〝日女〟尊』と『〝高天原〟廣野姫天皇』と二つある。諡号とは亡くなった後に、その天皇を象徴して贈られる忌名のことだ。

　この名からしても、つまり持統天皇は己の肉体を煙と化して昇天させることによって、自らを天上の国である高天原に住まう本物の日女としたのではないだろうか。

高松塚古墳という地の底には、私欲のために亡き者とした『蛭児』の怨念を封じ込めて、当の本人はその怨念から身を隠すべく天上へと昇って、本物の『日女』と化した。

そうしてこの地上を自らの血を継いだ文武天皇――孫の一族に統治させた。

その考えに至ったとき、美彌子の口から出たのは乾いた笑いだけだった。

この考えが正解だとしたら……そんなの、どうしたらいいの？

この想像があっていて、持統天皇――すなわち『吾妹』のいる場所が本当に高天原であるのなら、自分に何ができるというのか？

——ワギモハイヅコ？

いる場所は、確かにわかったかもしれない。

でもそんな場所に連れていく手段なんてない。というか、そこには誰も行けない。

完璧な逃げ方——届かない空の上では、地の底の怨霊は文字通りに手の出しようがない。

唖然としながらも、しかし美彌子はそれでも必死で何か方法はないかと考える。

でも何も思いつかぬまま、とうとう東京駅にまで新幹線が到着してしまった。

「……行かないと」

うなされたようにつぶやき、美彌子はシートにへばりついた背中を剝がすように、立って歩き出した。

向かう先はもちろん高野のアパートだ。

行ったところで、もはや自分に何かができるとは思えない。

でもそれでも美彌子は、高野の元へと行かなければならなかった。

4

東京駅から内回りの山手線に乗り換え、池袋駅方面に美彌子は向かう。

高野のアパートが大学からそう遠くないことは知ってはいたが、それでも美彌子は正確な住所がわからなかった。だから何人かのゼミの先輩に、SNSで訊いてみた。

そのうち一人が知っていたらしく、久しぶりの美彌子からの連絡に驚きながらも教えてくれた。

だが同時に、

『ねぇ、いったい何が起きているの？』

そんなメッセージもあわせて送られてきた。

たぶん高野も学校には行っていないのだろう。今の正気じゃない高野が、普通に学校に通っているとは到底思えなかった。

思えば他のゼミ生にとっても、災難な話だと美彌子は思う。

まずは咲花と莉子が変死し、氷見は校内で飛び降りて自殺。それから美彌子はゼミに出ることがなくなって、それを追うように高野も学校に来なくなった――客観的に見たら、そういう流れになっているのだろう。

学年に関係がなく全体的に仲が良かったあのゼミは、今ごろどんな雰囲気になってしまっているのか。

一連の原因である美彌子は、みんなに申し訳なく思う。

かといってその質問に、返信をする気にはなれないのだが。

まだ終わっていないのだ。

いっときは全てに決着がついたと思い、あとはいつ学校に戻ろうかとすら考えていた美彌子だが、あらためて一連のおぞましい怪異の渦中にまだ自分はいると認識する。

「もしも無事に終わらせることができたらそのときは返信して、それから聖先輩といっしょに学校に行きますから……」

スマホの液晶画面を消し、美彌子は誰に向けてでもなくそんなことをつぶやいた。

山手線が池袋駅にまで着くと、美彌子はJRの改札を出て東武東上線へと乗り換える。

東武東上線は美彌子の学校近くを走る馴染んだ路線だ。キャンパスからほど近い美彌子のボロアパートの最寄り駅も、当然この路線にある。

だが今は、咲花が轢かれてヒルコの惨劇が始まったその駅も越え、高野のアパートにはど近い都内と埼玉県の境目にある駅を目指す。

目的の駅で降車すると駅前のロータリーでタクシーを捕まえ、美彌子は知ったばかりの高野の住所を運転手に告げた。

初めてきた街中をタクシーで通り抜け、そうしてやっと高野の自宅前に美彌子が立ったとき、時刻はもう夜の十時に達していた。

高野が住んでいるらしいアパートを目の前に、美彌子が声を失うほどに驚く。

高野の住むアパートの見た目は、美彌子の住んでいるボロアパートと瓜二つだったのだ。

おそらく築五〇年は経っている二階建ての建屋。当時はアパートといえば、きっとこういうモデルがスタンダードだったのだろう。錆(さ)びた金属製の外階段に、二階は外廊下。並んだ合板のドアまでもが、美彌子の住むアパートとほぼ同じ造りだった。

美彌子は、高野はもっといい部屋に住んでいるものと勝手に想像していた。なんとなく金銭的には苦労知らずな、高等遊民めいたイメージが高野にはあったからだ。もし平時であれば自分と同じレベルのアパートに住む高野に、美彌子は親近感を覚えたかもしれない。でも今の美彌子にとって、このアパートの外見は背中をゾクリと震わせるだけだった。

美彌子の部屋と極めて似た見た目ということは、やはり高野の部屋の壁もあれなのではないのか？

——漆喰の壁。

それはヒルコが葬られていた、暗くて昏(くら)い地下の中で、呪われた世界を描いていたものと同じ材質の壁だ。

美彌子の息が自然にはぁはぁと荒くなった。

また嫌な符牒(ふちょう)が一つ増えた。

だけどここまで来て、引き下がれようはずもない。

美彌子は高野の部屋である二階の角部屋、二〇四号室へと向かう。

一歩昇るたび、錆びた外階段がギィギィと音を立てて軋(きし)んだ。

さすがにここまでのボロアパートとなると、住む人も少ないのだろう。夜分ということを差し引いても、建物の中から人の気配がしない。ひょっとしたら、住んでいるのは高野だけかもしれない。まるで廃屋のように、建屋の内側からは人の生活音がしなかった。

コツンコツンと足音を立てながら外廊下を進む。

廊下と面したどの窓にも灯りはない。

灯りがないのは、行き止まりにある高野の部屋も同じだった。

美彌子が高野の部屋の前に立った。

念のために部屋番号を確かめてからノックをしようとするも、

――ガチャリ

美彌子が叩くよりも先に、かかっていた鍵が独りでに開いた。

……莉子の部屋のときも同じだった。あのときもかかっていた鍵が自然と開いた。

美彌子は戦慄する。もはや手ぐすねを引かれて待たれている感じしかしない。しかし高野のことを思えば、それでも入らないという選択肢はなかった。

ギィー――という蝶番が擦れる嫌な音をさせながら、化粧板がささくれた合板のドアを美彌子が開けた。

これもまた予想通りで、高野のアパートの中は美彌子の部屋と間取りがほとんど変わらなかった。

玄関を開ければ、そこは板間の台所となっていて、隣にはおそらく和式トイレとバランス釜の小さな浴室がある。廊下と面した窓から街灯の灯りが僅かに入るものの、室内はほぼ真っ暗だった。

美彌子は意を決して台所に上がると、どこか駄目元な気持ちで天井から伸びた蛍光灯の紐を引いた。

すると、激しくパチパチと瞬いてからジィーという羽虫が舞うような音を立て、ぼんやり薄暗くはあるものの、それでも蛍光灯が灯ってくれた。

思わず、安堵の息を漏らしてしまう。

灯りがあるだけで、こんなにも心強い。

明るくなると同時に、居住空間であろう奥の居間と台所の間の木戸が閉まっていることに、美彌子は気が付いた。

「……聖先輩」

塗装のひび割れた木戸越しに、美彌子が呼びかけてみる。

「聖先輩、私です。美彌子です」

再び声をかけてみるが、しかし木戸の向こう側からはまるで反応がなかった。

だから美彌子は、木戸に埋め込まれた半月状の取っ手に怖々と指をかけた。

昼間のビデオ通話でのやりとりが、美彌子の脳裏をよぎる。

この戸の向こう側に高野がいたとしても、それはあの高野だ。どんな言葉が通じるというのか。

美彌子の心中を不安と恐怖が渦巻く。だがここまで来て逃げるわけにもいかない。

建て付けのよくない木戸をつっかえつっかえ開けると、美彌子の前に古い和室が広がった。

角が擦れて破れた畳の六畳間には、高野らしく床のいたるところに本が積まれている。

そして壁は——漆喰だった。

その壁を見ただけで自然と身体が強張り、美彌子は尻込みしそうになってしまう。

でも同時に、その和室の突き当たりの前に置かれた机に、高野が座っているのが見えた。

こちらに背を向けて座った高野の背中が、心許(こころもと)ない台所の蛍光灯に照らされていた。

美彌子が想像していた一番の最悪の状況は、高野の首がなくなっていたことだ。

けれどもちゃんと高野の首は繋がっている。

折れても伸びてもおらず、高野は無事だった。

「聖先輩!」

思わず涙ぐんでしまった美彌子が、高野の名を呼びつつ和室へと一歩踏み入る。

途端に、氷室の中にでも入ったかのように冷たい空気が、足下にまとわりついてきた。

だが今は、そんな現象はあえて気にしない。

とにかく一刻も早く、高野をこの部屋から連れ出すことが先決だ。

高野とともにこのアパートを出たら、その後どうするかをいっしょに考える。

財布には厳しいが、しばらくはホテル暮らしでもいい。とにかく民宿や旅館はダメだ。

特に神戸のときのような古くからの旅館だと、壁が漆喰の可能性がある。

それだけはイヤだ——漆喰という名の、土で囲まれた地の底だけには、もう戻りたくなかった。


「聖先輩っ!!」


駆け寄った美彌子が、うな垂れていた高野の肩へと手を伸ばす。

瞬間、高野の身体がぐらり傾いだ。

前のめりになっていた身体が、美彌子の手にひっぱられ、背もたれに寄りかかる。

うつむき加減だった首がぐるんと振れ、天井を見上げるような角度となって、美彌子へと顔を見せた。


「…………………えっ？」


高野の首はある。

しっかりと身体と首は繋がっている。

——だが。

高野の顔は、なくなっていた。

目も鼻も口も、その下にある骨さえも、全てが雑に抉られて、顔そのものが刮ぎ落とされていた。

一気に膝と腰が砕け、美彌子が畳の上にすとんと崩れ落ちた。

「……あ、………あぁ……」

細切れになった呻きだけが、美彌子の喉から漏れる。

そんな美彌子を、骨まで削られて穿たれた、高野の顔に空いた大きな穴が見据えていた。

美彌子が両手で自らの顔の左右を掻き毟る。爪が突き刺さって皮膚が破れ、頰から血が滲むが、美彌子の指はそれでも止まらない。

美彌子は、この高野と似た存在を新幹線の中で見ていた。

検索をかけた高松塚古墳の、あえて削られたのではないかという石室の壁画。その中で亀と蛇の首から上を全て削られた玄武の姿と、今の高野の様相はあまりに似ていた。

「うぁ………あっ、あああぁ………」

自然と美彌子の目から涙がこぼれ出る。

何もかもがダメだった。もう遅かった。

……どうして、こんなことになっているのだろう。

……なんで、こんなことになってしまったのだろう。

台所の蛍光灯がパチリパチリと瞬いたかと思うと、バチンという音を立てて弾けて割れた。

途端に和室の中も再び真っ暗となる。

同時に高野の骸の横に、死に装束を纏った真っ白い姿の祖母がすっと現れた。

無言のまま、何をするわけでもなく人形のように高野の横で棒立ちとなっている祖母。

その顔を覆っていた白布が、はらりと落ちた。

――祖母も、同じだった。

高野の骸と同じく削られ、抉られ何もかもがなくなってしまった顔――いや、皮膚も肉も骨も刮ぎ落とされてなくなっている以上、それはもう顔とすら呼べなかった。

顔だった部分にある穴だけが、高野同様にじっと美彌子を見下ろしていた。

もはや美彌子には何も理解が及ばない。

感情が麻痺して、悲鳴すらも上がらない。

開け放ったままだった木戸が、誰も手を触れていないのにスパンと音を立てて閉じた。

部屋が密閉されると、美彌子の鼻の中に腐った土と黴の臭いが充満し始める。

美彌子の部屋のときと同じく、高野の部屋の壁の漆喰もボロボロと崩れ、みるみると年月が進んで腐っていく。

黴びた漆喰の壁に浮かび上がった、おぼろげな龍と虎。

天上には、北斗七星が欠けた不完全な星宿図。

今ここは、高松塚古墳の石室と同質になっていた。

殺しただけではまだ足らず、死後の怨念すらも封じ込められた空間——立ち入った者たちを次々と祟り殺していった、高松塚古墳の中と通じていた。

部屋の中央に、いつのまにか漆黒に塗られた棺が置かれていた。

重そうな蓋が中から押されてズリズリと動き、最後にドスンと音を立てて床に落ちる。

そして中から現れた高市皇子——ヒルコが、何もかもがどうでもよくなった美彌子の背後に立った。

……これは、美彌子が自分の部屋に引きこもっているときに何度も視た光景だ。

繰り返し繰り返し、美彌子の前に現れ続けたヒルコ。

だが今回は、その身体の輪郭は歪ではなかった。

美彌子の背後に立ったヒルコが、ゆっくりと身体をくの字に曲げる。

腰を抜かして地べたに座ったまま動けない美彌子の顔を、真上から覗き込んでくる。

呪詛を残して高天原へと逃げた持統天皇——『吾妹』は、おそらく見つからない。

少なくとも穢土にまみれた地中に閉じ込められ、穢れた存在となった者に、天上の世界へと昇る手段などあろうはずがない。

それはヒルコ自身も、薄々わかっているはずだ。

美彌子の視界が、上から降りてきた逆さまのヒルコの顔で覆われる。

美彌子が橘の木の下から掘り返し、そして高野に拾って持ち帰らせたことによって、ようやく戻ってきた一三〇〇年ぶりの首。

だがそれはもはや、人の顔をしてはいなかった。

鼻筋にも額にも口元にも刻まれた怒りに満ちた無数の皺が、その表情を人間離れさせていた。憎悪を滾らせた目はひたすら爛々と暗闇の中で輝き、鼻先から美彌子を睨む瞳には憤怒の色しかない。

まるで悪鬼そのものの形相。

吾から何もかもを奪い天へと消えた、『吾妹』への怒りだけが、その顔には存在していた。

美彌子は悟った。

きっとこのまま自分も、高野と祖母と同じ末路を辿るのだろう。玄武同様に顔を抉られた二人のごとく、自分もまたヒルコを封じた呪詛の中へと取り込まれてしまうに違いない。

嘆きが呻きとなって、独りでに口から漏れた。

「……うっ……あぁ………」

そして美彌子は、その言葉をヒルコ自身の口から初めて耳にした。

「吾妹（わぎも）は何処（いづこ）」

…………ほんと、そんなのどこにいるのかしらね？

（了）

主な参考文献

『古事記』倉野憲司校注（岩波文庫）
『日本書紀（上）（下）　全現代語訳』宇治谷孟（講談社学術文庫）
『ヒルコ　棄てられた謎の神』戸矢学（河出書房新社）
『古事記のひみつ　歴史書の成立』三浦佑之（吉川弘文館）
『持統天皇と皇位継承』倉本一宏（吉川弘文館）
『黄泉の王―私見・高松塚』梅原猛（新潮文庫）
『高松塚被葬者考―天武朝の謎―』小林恵子（現代思潮社）

作品に関するご意見、ご感想等は
東京都千代田区神田三崎町 2-18-11
fHM文庫編集部まで

本作品は書き下ろしです。

ヒルコノメ

2021年10月20日　初版発行

著者 ……………… 竹林七草（たけばやしななくさ）

発行所 ……………… 二見書房
東京都千代田区神田三崎町 2-18-11
電話　03-3515-2311（営業）
　　　03-3515-2313（編集）
振替　00170-4-2639
印刷 ……………… 株式会社堀内印刷所
製本 ……………… 株式会社村上製本所

ISBN978-4-576-21148-0

https://www.futami.co.jp

二見ホラー×ミステリ文庫

ゴーストリイ・サークル

――呪われた先輩と半端な僕

栗原ちひろ　LOWRISE〔装画〕

怪異が視えるけれど祓えない半端霊能者の浅井行。芸術大学進学のため引っ越したアパートで、美しい先輩の瀬凪ほのかと出会う。だがその夜から不穏な電話が鳴り響き、ドアノブがガチャガチャ回され…。行の異変に気付いたほのかは、幽霊を祓うのではなく共存する「怪異のやり過ごし」を提案するが？　顔が浮かぶ壁、小さな手で奏でる姿なきピアニスト、7人目の怪。行とほのかはどうやり過ごす？　青春ホラーミステリー!!

H